中华魂

ZHONGHUAHUN

百部爱国故事丛书

从苦孩子到大明星

——著名舞蹈家陈爱莲

张丽娟　编著

吉林人民出版社

图书在版编目（CIP）数据

从苦孩子到大明星：著名舞蹈家陈爱莲 / 张丽娟编
著 . — 长春 : 吉林人民出版社 , 2011.3（2021.8 重印）
（中华魂·百部爱国故事丛书）
ISBN 978−7−206−07569−8

Ⅰ . ①从… Ⅱ . ①张… Ⅲ . ①故事−中国−当代
Ⅳ . ① I247.8

中国版本图书馆 CIP 数据核字 (2011) 第 032637 号

从苦孩子到大明星
——著名舞蹈家陈爱莲
CONG KUHAIZI DAO DAMINGXING
   ——ZHUMING WUDAOJIA CHENAILIAN

编 著 : 张丽娟
责任编辑 : 赵元元   封面设计 : 孙浩瀚
制 作 : 吉林人民出版社图文设计印务中心
吉林人民出版社出版 发行 (长春市人民大街7548号 邮政编码:130022)
印 刷 : 北京一鑫印务有限责任公司
开 本 : 787mm×1092mm 1/16
印 张 : 8   字 数 : 64千字
标准书号 : ISBN 978−7−206−07569−8
版 次 : 2011年3月第1版 印 次 : 2021年8月第2次印刷
定 价 : 35.00 元

如发现印装质量问题,影响阅读,请与出版社联系调换。

总　序

胡维革

　　《中华魂》是一套故事丛书。它汇集了我国自鸦片战争以来一百七十余年间的96位民族英雄、仁人志士、革命领袖、先进模范人物的生动感人史迹,表现了作为中华民族优秀传统的伟大的爱国主义精神。

　　爱国主义是人们对于"生于斯、长于斯、衣食于斯"的祖国的一种神圣感情,是人们对于自己民族的一种强烈的责任感和使命感,是感召和激励整个中华民族的一面永不褪色的旗帜。在一百多年的中国近现代史上,爱国主义一直激励着中华儿女为祖国的独立、统一、进步和繁荣而英勇奋斗。从"苟利国家生死以,岂因祸福避趋之"的林则徐,到"我自横刀向天笑,去留肝胆两昆仑"的谭嗣同;从"铁肩担道义,妙手著文章"的李大钊,到"红枪白马女政委,碧血染将天地红"的赵一曼;从"县委书记的好榜样"的焦裕禄,到"问鼎长天,扬我国威"的邓稼先……都表现出了强烈的爱国主义精神。正是由于热爱祖国的人们前仆后继地奋斗,国家和民族才得以生存,历经一次次历史危机关头而能转危为安,走向兴盛和富强,从而屹立于世界民族之林。爱国主义是鼓舞中华儿女历经忧患、跨越沧桑、百折不挠、自强不息的伟大力量,它贯穿于中华民族的整个历史,并有力地凝聚着五洲四海的中国人。

爱国主义是一个历史的范畴,在社会发展的不同阶段、不同时期有不同的具体内容。革命时期,需要我们为祖国的独立自主出生入死;建设时期,需要我们为祖国的繁荣富强增砖添瓦。在全国各族人民团结一心建设富强、民主、文明、和谐的社会主义现代化国家的今天，我们要争做一名新时期的爱国者。新时期的爱国者要有强烈的民族自尊心、自豪感。民族自尊心、自豪感是任何时期任何爱国者都必须具备的情感。民族自尊心能增强我们自立向上的恒心，民族自豪感能树立我们建设祖国的信心。要树立"祖国高于一切"的崇高信念，为了祖国和人民的利益不惜抛却个人的利益，甚至不惜牺牲个人的生命。要树立终身学习的理念，拓宽自己的知识面，广泛吸收新知识新技术，完善自身的知识结构，更新学习知识的方法与理念，从思想上、知识上充分武装自己，为祖国的繁荣昌盛贡献力量。

爱国主义思想的继承和发扬，是关系到民族盛衰、国家兴亡的根本问题。一代代人爱国主义思想情操的形成，需要不断地培养。培养爱国主义的一个重要途径是向爱国主义的英雄人物和典范事迹学习。这套丛书的出版，对于人们向英雄和先进人物学习，特别是对于在中小学生中进行爱国主义教育，将可提供一些生动的教材。祝愿此书出版发行成功，为培养"四有"新人作出贡献。

2010 年 11 月 15 日

中华魂
百部爱国故事丛书

三十年来我走了一段很长的路，在这段路上，有时悲伤，有时欢乐，有成功，也有失败。但总是向前的。

——陈爱莲

目　录

难忘的孤儿生活

1939年11月14日，陈爱莲出生于上海。1950年，她的父亲病故，第二年春天，她的母亲又扔下她和妹妹，过早地去世了。陈爱莲这一年还是不满十一岁的孩子，在邻居们的帮助下，她安葬了母亲。

不知是泪水模糊了眼睛，还是茫茫的雾色的缘故，陈爱莲觉得周围的高楼大厦渐渐地模糊不清了，可是三轮车仍然沿着一条狭窄的乡间小路向前驶去，而道路的坎坷不平，仿佛要把她幼小的心灵颠得更破碎一些。陈爱莲就是坐在三轮车上告别了生活十年的家，离开了学校和小朋友。她清楚地知道：她没有家

上海

陈爱莲表演各种舞蹈信手拈来

了，她成了孤儿，她要被送进上海郊区的儿童临时收容站了。

　　收容站是一幢不太大的二层楼房，有一个小小的院子。这里有几十个孩子，有的年岁同陈爱莲差不多，有的比她大些。这里的老师很少，这么多的孩子根本照顾不过来，所以孩子们都穿得又脏又烂。但值得庆幸的是，陈爱莲总算有了吃饭的地方。开饭的时间一到，孩子们都会围着两只大木桶：一桶饭，一桶菜，简直比有钱人家的孩子围着奶油大蛋糕还要快乐。饭菜虽然不好，却很充裕，尽管陈爱莲总是挤不到前边去，但吃饱绝对没问题。收容站的孩子们大部分是街上的流浪儿童，他们的生活能力比陈爱莲要强得多。这些孩子虽很粗鲁，但十分善良，待人真诚。陈爱莲刚到这里什么都不会，而且身体又很弱，小伙伴们常常在生活上照顾她。

收容所的孩子们大多没上过学，当他们看到又脏又小的陈爱莲居然认识这么多的汉字，都非常惊奇，其实，那时的陈爱莲只不过刚刚小学五年级。陈爱莲从小就少言寡语，进了收容站就变得更加不爱说话了。她很怀念死去的父母，在梦中常常哭醒，他们的去世给年幼的陈爱莲心灵上带来的的创伤太重了，她老是在思念她的父母。由于收容站只有小学五年级，老师们认为陈爱莲应当继续上学。于是，她又被送进了上海一心孤儿院。

一心孤儿院比收容站要大得多，也阔气得多。这里的学生很多是有父母的，只有一部分是孤儿。所以没有父母的孩子，在这里经常被欺负。陈爱莲又瘦又小，穿得又破又烂，头上还有虱子，即使在上课的时候，调皮的男孩子也敢用纸团打她的脑袋。小小的陈爱莲很愤怒，又很悲伤，可她不敢同他们打架，只好

陈爱莲用自己证明『舞蹈不是青春饭』

从苦孩子到大明星
cong ku hai zi dao da ming xing

——著名舞蹈家陈爱莲

陈爱莲接受记者采访

狠狠地用目光来回敬他们。陈爱莲倔强的性格，大约就是在这个时期形成的。

当然，在这里陈爱莲也有快乐的时候。在孤儿院的走廊里，有一扇门，上面装有两块很大的玻璃，站在它的前面可以照见自己的影子。陈爱莲从小就是个戏迷，很喜欢模仿戏里的人物。所以，陈爱莲常常站在这扇门前模仿戏里的身段，摆一些自己认为很美的舞姿，或者回忆童年的一些事情，很长的一段时间里，这个大玻璃门，几乎成了她生活中不可分离的一部分。

1952年，有一天，老师把陈爱莲叫到了办公室。以为自己做错事的陈爱莲一直低着头，心脏跳个不停，直到她听到老师和蔼的招呼声，抬起头来看到老师微笑的脸时，才平静下来，同时也发现，除了老师外，还有几位不认识的人正在仔细地打量着她。

原来，他们是北京中央戏剧学院来招考学员的老

陈爱莲

陈爱莲的舞台风采

师。陈爱莲很想离开孤儿院，希望自己能考上。老师给陈爱莲搬腿、下腰，并叫她模仿舞蹈动作，跟着节奏打拍子，最后还让她表演一个小品——地上找针。陈爱莲想起妈妈在世的时候，也常常叫她帮忙在地上找针，于是就十分认真地在地上找了起来……老师们看到她找的那么认真，全笑了。

这一天，决定了陈爱莲一生的命运，她找到了新的生活，她被录取了。陈爱莲忧郁的脸上有了笑容，好像一下子突然长大了许多。

坐在北去的列车上，陈爱莲注视着车窗外渐渐消失的城市，心里好像卸掉了一块沉重的大石头，突然轻松了很多。她感到自己变成了一个新人，许多美丽的幻想飞进了她的脑际，她的心里也燃烧起了越来越旺的火焰，这火焰，直到今天仍然燃烧着……

唯一的乐趣

到了北京，陈爱莲开始了学艺生活。应该说她很幸运。从一开始学艺就受到名师和专家的指点。比如教古典舞的老师白云生、韩世昌、侯永奎、马祥林等老师，教芭蕾课的索尔可夫斯基、巴兰诺娃等老师，都是中外著名的艺术家。在陈爱莲启蒙时期，他们的严格教导，使陈爱莲在古典舞、芭蕾舞方面都打下了比较纯正的基础。

孤儿的生活和环境的变化，使陈爱莲隐约懂得了这样一个道理：在生活和事业中，自己必须是一个强者，既然学艺就得学出个样子来，绝能落在别人的后面。这种信念至今还牢固地留在她的身上。

看陈爱莲的身手，一定猜不出此时她已年近七旬。

陈爱莲很用功，别人做一次的动作，她往往做两次三次，即使下课的时候，她也不闲着。跳古典舞，手出去的时候，要像兰花一样，因此叫"兰花手"，手指要向手背的方向掰，因此只要她手闲着的时候，都会用力掰自己的手指；在吃饭时，她会把腿轮流放在窗台上——压腿；因为每天都有芭蕾课，每天都要坚持掰自己的脚背，陈爱莲甚至在睡觉时，也要把脚搬成"朝天镫"——脚趾对着头，脚后跟靠墙，用这个方法来压腿。

那时候，陈爱莲简直像着了魔一样，总想比别的孩子多练些，白天练完了，晚上还要自己加班再练。老师总是说，要勤奋才能出成绩，要"笨鸟先飞"。陈爱莲想，我并不比别人笨，"先飞"不是更好吗！所以，当她的同伴起床时，陈爱莲已经练得满头大汗了。

有时候，陈爱莲和这些新学员们也学着大演员自己"演戏"，用床搭一个台，用床单当大幕。角色的分配往往费去很多时间，女孩子都愿意演美丽的少女、善良的姑娘，谁也不愿意演坏人。记得有一次，新学员们准备演《小二黑结婚》，并请老师和大演员们来看着玩。戏都开场了，可金旺没人演，一着急陈爱莲竟自己演起金旺来。陈爱莲演得非常认真，学着老演员的动作、眼神，老师们看了笑得很开心，还夸她有

陈爱莲的舞台风采

——著名舞蹈家陈爱莲

从苦孩子到大明星 cong ku hai zi dao da ming xing

陈爱莲

戏。孩子总是爱兴奋的，尤其是得到老师的夸奖以后，于是陈爱莲又给老师表演了《秋江》中的陈妙常。就这样，陈爱莲每天生活在戏剧和舞蹈之中，前辈艺术家的指导和熏陶对她以后的表演艺术有极大的影响。

可是命运好像专门同陈爱莲作对似的，正当她发奋练功，认真学艺的时候，却突然得了肺病。陈爱莲被隔离在一间小屋子里。说真的，肺病本身并没有给她带来多大的痛苦，更大的痛苦，倒是练功也被迫停止，只能休息。陈爱莲怅然若失，她真不知道不练功将怎么生活下去。所以，她选择一个人偷偷地在屋里踢腿、下腰，生怕病好后落在别人后面。

在中央戏剧学院附属舞蹈团的学员班里，陈爱莲第一次看到舞剧，在这以前，她不知道世界上竟会有那么完美的艺术。那时候，中国还没有舞剧，陈爱莲只是一心想着去演戏或者话剧。直到她在电影里看到乌兰诺娃在舞剧《泪泉》中的迷人表演，那超尘拔俗、优美绝伦的舞姿，深深地打动了她，她才明白，舞蹈不单纯是一种形体美的艺术，而且也是深入人们灵魂深处的艺术。从那时起，乌兰诺娃成了陈爱莲崇拜的偶像，在她的心里也第一次有了明确的目标——当一名出色的舞蹈家。

1954年，新中国第一所舞蹈学校成立了。陈爱莲幸运地成为这个学校的第一批学生，开始了更正规、更系统的舞蹈训练。

舞校当时坐落在东郊白家庄，校长是著名舞蹈家戴爱莲和陈锦清。教员有外国专家和戏剧界的老师，以及从舞蹈教员训练班毕业的青年教员。

舞校是一个非常理想的学习环境，是我国舞蹈事业的摇篮，陈爱莲告诉自己，只有在这里学习，才能实现她成为舞蹈家的愿望。进了舞校，陈爱莲又变成了穷学生，因为原来舞蹈团可以提供的生活费按规定取消了，伙食由国家供给。陈爱莲没有经济来源，生活的费用全依靠向学校申请补助。

由于平时身无分文，陈爱莲不能像其他同学那样去看电影、逛公园、买零食，偶尔学校发电影票她才去看场电影。而且因为没钱坐车，还常常从白家庄走到电影院。尽管来回走几十里路，但那时候，能看到电影她已经很高兴了。陈爱莲知道，自己不能像别的孩子那样要自己喜欢的东西，好看的衣服，她也从不去想这些，一门心思全放在练功和学习上，她很佩服戏里的那些穷书生"十年寒窗苦，一举成名天下闻"的精神。陈爱莲也决心争一口气。

中国古典舞一个典型的舞蹈动作叫"卧鱼"，陈爱

陈爱莲的舞台风采

陈爱莲

莲的腿比较粗，盘起来很费力，尤其是快速旋转接卧鱼，跳起来在空中盘住再卧下去。这个动作比较难做，陈爱莲反复练了很久，她觉得自己腿粗，也就到这种程度了，但老师看了还不满意，认为她可以做得更好。于是，陈爱莲又重新开始了跳起、卧下……艰苦地训练，使陈爱莲的膝盖和脚背全破了，血和练功裤凝在一起，脱的时候疼得要命。第二天，练习时刚结痂的伤口又破了，这样一次次的结痂，一次次的又破，老师看了虽然很心疼，但从未叫陈爱莲停止过，只是自己花钱买了副护膝送给这个勤奋的穷学生，陈爱莲很感激老师，可她什么都没说，只是含着眼泪，咬紧牙关，继续急速的转身、跳起、卧下……因为她觉得这是报答老师最好的方法了。

在老师们的辛勤培育和教导下，陈爱莲在这个舞蹈的摇篮里成长起来了。经过了几年的严格训练，1959年，陈爱莲以全优的学习成绩毕业了。

《鱼美人》

毕业后，陈爱莲被留校任中国古典舞教员，并主演《鱼美人》。7年前的一只乳燕，现在可以展翅飞翔了。《鱼美人》是陈爱莲的出科剧目，也是她舞台生活的一个重要的开端。

这个剧目是根据我国神话故事，由舞校的编导训练班集体创作的，也是他们的毕业作品，训练班是由苏联专家古雪夫主持。他认为中国舞的上身和芭蕾舞的下身结合在一起，将成为世界上最美的舞蹈。《鱼美人》就是根据他的这个观点编排的。老师们认为，陈爱莲的芭蕾舞和古典舞的基础都比较好，于是就指派她担任鱼美人这个主要角色。

陈爱莲深知这个角色对她的一生是多么的重要，盼望着自己能够成功。于是，她开始了对这个角色的探索，认真地听取专家和导演们的意见，分析他们的讲解。陈爱莲了解到，既然是鱼美人，就必须具备鱼

陈爱莲的舞台风采

儿的特征，为了能掌握鱼儿的特征，她特意几次去公园看鱼儿。陈爱莲仔细观察着鱼儿在水中游动时的神态，注意着鱼儿美丽的尾巴摇摆起来是那样的飘逸，那样的柔媚，她高兴得忘掉了一切，好象自己也变成了一条鱼儿在水中漫游，情不自禁地在鱼缸旁边摆起了自己的双臂。一些游人看到一个年轻貌美的姑娘在鱼缸旁边摆动着手臂转来转去，都十分好奇，围了过来，可是陈爱莲也顾不了这么多了，任由他们去看，自己完全沉浸在舞蹈中。

陈爱莲日夜都在想着这个角色。她想，鱼美人是

大海里的美丽的女神，又是一个多情、善良的古代少女，如果不准确的掌握人物性格和她的心理活动，就无法完成这个角色。因此，陈爱莲借阅了大量的古代仕女画，把画中仕女的神态和戏里的身段结合起来，揉进自己的动作里。

同时，陈爱莲也不断地老师们请教，对着镜子反复揣摩舞蹈动作，力图把动作做得准确、优美。老师们也尽量帮助陈爱莲，戴爱莲校长每天抽出时间，会专门为陈爱莲上一节芭蕾课，指导她的足尖动作和芭蕾舞技巧。

在全校师生的共同努力之下，《鱼美人》终于获得了成功，轰动了舞蹈界，也得到广大中外观众的好评和称赞。

《蛇　舞》

《鱼美人》的演出成功，使陈爱莲多年的心愿变成了现实。

在《鱼美人》演出前后，陈爱莲还扮演过其他的一些角色，如：舞蹈《牧笛》中的农村姑娘，小舞剧《张羽与琼莲》中的琼莲公主，《春江花月夜》中的闺中少女等。而实现陈爱莲角色性格上的第一次突破，却是《蛇舞》。

《蛇舞》，是陈爱莲一生的得意杰作，也是她表演史上产生

陈爱莲的日常排练生活

的一次重要突破的节目。最初，她在舞剧《鱼美人》中扮演主角鱼美人。这个角色，特别能发挥她那长线条的舞姿及抒情性的表演，所以，鱼美人一角对她说来，真是如鱼得水。后来编导在加工、提高这部舞剧时，决定取消其他段落的"诱惑舞"，突出和加强"第三诱惑舞"——即后来的《蛇舞》，由于担任这段舞蹈的演员另有工作，不能参加排练，编导果断决定由扮演鱼美人的第一组演员陈爱莲来担任《蛇舞》的表演。

在那时，有些年轻的女演员是不大喜欢扮演所谓反面角色的，而陈爱莲在这方面却要成熟得多。她欣然接受任务，带着浓厚的兴趣，去钻研这个只有几分钟的配角的角色去了。

《蛇舞》在当时是一段超出传统规范的舞蹈，无论在心理描写方面，还是在动作的造型方面，都不同于我国神话中的狐狸精或花仙、花精之类的形象。它是蛇性与人性的结合。在中国传统舞蹈文化教育下成长起来的编导和演员，准确地把握住这段舞蹈的内涵和外部形态，在实践中都是一次突破。开始，陈爱莲在表演这段舞时，由于她的基本功好，身体训练有素，既有软度又有韧度，在动作上她感到难度不大，较容易达到编导的要求。但在形象的塑造方面，没有超越出她那抒情的，柔弱女子的"熟路"。给人的印象，只是一个美丽的，向猎人乞求爱情而不得的少女，人物的性格没有刻画出来；第二次，她又走向另一极端，过分地强调了蛇性的一面，表演时凶狠、阴冷，把"诱惑舞"表演成"恐吓舞"，仍未达到理想的要求。陈爱莲总结了前两次失败的原因，在第三次向这个角色突进时，既注重对人物的心理"描写"，也注重对人物的外型"塑造"，在认真琢磨编导对这个角色的心理分析的同时，她还到动物园去观察蛇的动作特点。经过一段时间的努力钻研之后，她不仅把"前任"表演上的优点继承下来，而且结合自己的体会及自己的身体条件、技术条件，塑造出一个既有少女的

陈爱莲的舞台风采

妩媚，又有蛇的野心双重性格的新的形象来。从此，陈爱莲一举成名，这段舞蹈成为了她运用舞蹈手段刻画人物、塑造形象的一个代表作。这个大舞剧中的小片断，竟然成为她攀登理想高峰的最重要的阶石。

多年来，不少女演员都演出了这段舞蹈，但陈爱莲始终保持了她的"原版演员"的荣誉。她表演此舞的独到之处，在于她特别细腻地表演了那些容易被其他演员所忽略的地方。在眼神的运用上，她既妩媚又泼辣；在动作的处理上，她不强调腰腿的软度表现，而是从手臂的动律上突出蛇的蠕动形象，在节奏的处理上，不追求外部的强弱对比，而是以内心感情的起伏来带动外部动作的强弱、缓急。"盘蛇"是这段舞蹈的高潮，一般软度好的演员都能达到动作要求。但

从苦孩子到大明星 cong ku hai zi dao da ming xing

——著名舞蹈家陈爱莲

陈爱莲不是简单地把"盘蛇"当做一个技巧来完成，而是抓住"盘蛇"这个导演所给的机会，充分地表现人物此时此刻的心理状态。她躺在猎人的脚下，头部和右脚尖慢慢地、轻轻地勾在一起，就好象蛇尾紧贴地皮偷偷地扫过似的，在不知不觉中便把猎人"盘"住了，当猎人敏捷地拔腿而出之后，她轻轻地叹了一口气，很不情愿地伸直双腿，在平躺的造型动作上有一刹那的停顿，最后才无可奈何地挺胸而起……从这几个动作中，她以明确的形象刻画出一个意欲诱惑猎人，但又不能如愿，进而怨恨、绝望，兼有女性的热情和蛇精阴冷的双重感情的人物来。一些外宾看

陈爱莲的舞台风采

了演出后对陈爱莲说："我们不喜欢蛇，但喜欢演蛇的这个演员。"

扮演蛇精这个角色，对陈爱莲来说，是一次新的尝试，也是一次新的突破，同时使她懂得了这样一个道理：在舞台艺术上，只有小演员，没有小角色。仅仅5分钟的蛇舞，而演好它是多么的不容易啊！

为 国 争 光

1961年，陈爱莲刚刚从西欧访问演出回国，1962年又被指派为中国青年的代表，去参加第八届世界青年联欢节的舞蹈比赛。

多年来，陈爱莲坚持每天练舞。

陈爱莲的举手投足间，都带有舞者的风采。

　　第八届世界青年联欢节是在波罗的海的海上千湖之城的芬兰首都赫尔辛基举行的。陈爱莲参加的节目很多，除了《春江花月夜》和《蛇舞》外，还担任集体舞《弓舞》的领舞，参加《草笠舞》的排练。

　　始料未及的是，过度紧张地排练，陈爱莲的身体累坏了，医生说她是严重的贫血，给陈爱莲开了全休的病假条。可是她怎么能休息呢？她怎么能失去这次为国争光的机会！于是，她悄悄收起了假条，又继续排练了。

　　从北京乘火车到赫尔辛基，路上要走一个星期。一个舞蹈演员7天不练功就去参加比赛，简直是无法想象的。陈爱莲不敢浪费时间，每天早、中、晚坚持练3遍功，精神兴奋到了极点，因为这对陈爱莲来说，也

陈爱莲的舞台风采

意味着一场考验。

演出顺利的进行着，每场演出不仅坐无虚席，连场内的墙边也站满了观众。虽然舞台一再的谢幕，观众却依然报以热烈的掌声，不肯离去。人们认为中国舞蹈有高度、有艺术水平，又有鲜明的民族特色和浓厚的民族风味。评论的文章说，中国的舞蹈以"浓厚的内心感情、灵活的身姿和纯熟的技巧，征服了观众。"

在比赛中，中国的京剧、音乐和舞蹈取得了非常好的成绩，陈爱莲参加的4个舞蹈节目也全部获得了金质奖章，为祖国争得了荣誉。

可是，陈爱莲还没来得及同大家一起欢度这兴奋的时刻，突然眼前一黑就晕了过去。醒来后的陈爱莲觉得自己好像是生了一场大病，但同时又感到很幸福，她没有辜负祖国和人民的辛劳哺育，她真的做到了。

1978年6月，中国艺术团远涉重洋，去美国访问演出，这是我国历史上第一次向美国派出大型文艺团体。陈爱莲光荣的成为这个团体的一名成员。艺术团先后在美国访问了纽约、华盛顿、明尼阿波利斯、旧金山、洛杉矶，共演出三十余场。美国人民对中国的艺术表示了极大的兴趣和热烈的欢迎，美国报刊称他们为"艺术大使"。当时美国总统卡特先生也在白宫玫

教小学员们跳舞的陈爱莲

瑰园里接见了艺术团的全体成员，他说："作为一个总统，欢迎中国最好的艺术家来到美国，我感到非常愉快。你们代表一个伟大的民族……这将对我们两国之间建立起来的友谊做出贡献……"的确，通过访问和演出，加深了美国人民对中国艺术的了解和对中国人民的友好情谊。

刚到美国的当天，艺术团的团员们就一同观看了玛莎·格雷厄姆舞蹈团的演出。几天以后，又应邀到这个团去作客，并观看了他们的技巧训练。通过观察，细心的陈爱莲发现，对方在训练方法上，在身体的解放和在肌肉素质、能力方面的训练，很有独创性和科学道理。同时也发现，在他们很多动作组合中，出现过我们中国的舞蹈动作，如："掀身探海"、"卧鱼"

等，说明他们善于吸收别人的东西来丰富自己。这使陈爱莲感触颇深。陈爱莲心想，现在同行中有一部分人，看了外国一些好的动作，就感叹不已，觉得自己不如人家。其实，在这些动作中往往有好多是我们民族的舞蹈动作，而我们却没有注意，这是很可惜的。陈爱莲觉得，我们自然应该吸收其他国家的好东西，但千万不要忘了我们的民族传统。我们民族的舞蹈是

沉浸在舞蹈中的陈爱莲

——著名舞蹈家陈爱莲

从苦孩子到大明星 cong ku hai zi dao da ming xing

极为丰富的，用毕生的精力来研究它，也只能涉及小小的一部分，绝不能妄自菲薄。

《霓裳羽衣舞》

《霓裳羽衣舞》是我国历史上最有名的舞。杨贵妃的舞和诗人们的咏叹，使它更加著名。白居易赞它是"千歌万舞不可数，就中最爱霓裳舞"。《霓裳羽衣曲》是唐代著名的大曲，它的来源有各种不同的说法，当年杨贵妃所跳的《霓裳羽衣舞》的概貌，也只能根据诗人白居易所描绘的去揣度了。根据诗中描述，是把一个美人幻想为仙子，表达她那飘飘欲仙的神态。

专门从事中国古典舞的陈爱莲，很向往能够在今天的舞台上重演此舞，她搜集了不少有关的资料，恰好舞蹈家于颖也想为陈爱莲新编这个舞蹈，她们便很顺利的合作起来。

于颖新编的《霓裳羽衣舞》，在立意上有新的想法，她不是把美人幻想为仙子，而是让仙子羡慕人间。所以舞蹈的结构是从天上到人间，最后又回到天上去的三段体的结构方法。一头一尾以各种造型姿态为主，中间一段快板则在中国古典舞的基础上融合了

印度舞蹈，成为一个风格很别致的，兼有仙人的飘逸
和少女的实感的独舞。1979年5月首演此舞时，犹如一
颗珍珠突然呈现在人们眼前，舞蹈界也顿时为之一

震。这种美的、柔的、具有古典味道的舞蹈，已在舞台上绝迹十几年，骤然出现，显得十分耀眼。

陈爱莲在《霓裳羽衣舞》的表演中，不但重现了她的才华，而且随着年龄、经历、修养的增进，对舞蹈的理解更为深刻。在这个作品中，突出地使人感受到，她的舞蹈具有柔和圆润的流动感，给人以运动美的享受。动，是舞蹈艺术的生命，但生命力之所在绝非动的累积，而在于动的艺术。陈爱莲在这个舞蹈的

当时已经年近七旬的陈爱莲

不断运动中，特别注意到动与动之间转换的一刹那的柔美的过渡，从这个姿态转换到另一个姿态时，总是在不知不觉中完成，既可看到这个动作已经过去的部分，又可看到另一个动作即将发生的部分，给人以一种流水行云，连绵不断之感而又不失雕塑美的稳定性。在这个舞蹈的表演中，既可看到她学舞的启蒙阶段，昆曲艺术家在身段韵味方面给她的影响，又可以看到她在学生时代勤学苦练的功底，还可以看到她善于掌握多种舞蹈风格的才能，以及她那"厚积而薄发"的舞蹈修养。

著名京剧演员杨荣环说得好："流派艺术的生命力就在于'流'，流动、发展、进步"。陈爱莲舞蹈艺术的特色也是不断发展，日臻成熟的，在《霓裳羽衣舞》这个作品中，"柔和的流动感"这个特点，比起年轻时期的富有雕塑美的特点来，无疑是一个明显的升华和发展。

为了能将《霓裳羽衣舞》发挥到最好，陈爱莲做了大量的资料采集，先是查阅了《全唐诗》，里面有很多歌咏这个舞蹈的诗篇，其中最详尽的是白居易的《霓裳羽衣舞歌》。诗中描绘舞者的服装是"虹裳霞帔步摇冠，钿璎累累珮珊珊"，形容音乐和舞姿是"散序六奏未动衣，阳台宿云慵不飞。中序擘初入拍，秋竹竿裂春冰折。飘然转旋回雪轻，嫣然纵送游龙惊。小垂手后柳无力，斜曳裙时云欲生。"从这些记载中，陈爱莲仿佛看到了一个美丽的、自由翱翔的羽化仙子的形象。这对她的舞蹈表演，也起了非常重要的作用。

陈爱莲的舞台风采

《文成公主》

　　《文成公主》是陈爱莲在第七部舞剧中担任女主角，也是她在舞剧中第三次扮演公主。如果说，琼莲和鱼美人这两位公主是神话传说中的公主，而当时陈爱莲又比较年轻，在表演上更多地有着自然条件的帮助的话，文成公主形象的塑造则是她运用表演艺术的功力，对人物是一次有意识的创造。

　　"文成入藏"的佳话，在藏、汉民间绵延1 300多年，代代相传，广为人知。舞剧台本就是根据话剧台本改编的。不过在改编时，作者过于遵循话剧的结构而给舞剧带来一些"先天"性的缺陷。但编导们在发

陈爱莲的日常排练生活

展中国古典舞的韵律和型态方面却做出了可喜的尝试。他们以中国古典舞为基础，并吸收了唐代壁画和出土陶俑中的舞姿，揉进了藏族民间舞蹈的成分，形成了动作语言的"多元素"性，但又不让人感到生硬和拼凑，比较自然、流畅、生动地再现了盛唐时期舞蹈文化的富丽辉煌。由于陈爱莲接受过多种舞蹈风格的严格训练，又是一个吸收力和消化力很强的舞蹈家，所以这种"多元素"的动作语言特点，经她的体会消化之后，以一种新的造型反射给编导，编导再将它规范化，给传统的古典舞带来了新的青春气息，更加绚丽和洒脱。

在人物性格的塑造上，陈爱莲对人物的身份理解得比较准确，文成既是一位胸襟博大、多才多艺、雍容大度、深明大义的大唐公主，又是一位热情天真、美丽、善良的少女，她把文成公主的政治家风度和深宫少女的多情而富于幻想的双重性格表现得真切传神，朴实可信。

在"智认公主"一场，陈爱莲突出文成公主性格中聪慧的一面。当各族请婚使云集长安人明宫殿内，隆重的选美仪式即将开始，唐太宗命穿着同样服饰的一队"公主"出舞，令请婚使选认文成公主。吐蕃大伦噶尔东赞，素闻公主贤明，机智地以"折箭"和

049

——著名舞蹈家陈爱莲

从苦孩子到大明星

cong ku hai zi dao da ming xing

沉浸在舞蹈中的陈爱莲

"哈达"表达松赞干布为民族和睦而请婚之大义，以感动文成。这场戏中，文成是"一队公主"中的一位，她们的衣着和态度似乎都是一样的。但陈爱莲在表演时，使人感到文成内心的激动和她被吐蕃英主松赞干布的良好愿望所感动的爱慕之情。她深情地注视着"折箭"和"哈达"，这是她内心感情的流露，也是给噶尔东赞的暗示。她的聪慧，使噶尔东赞在众多"公主"中，机智地认出了真正的大唐公主，圆满地完成请婚使命。

在"辞亲壮别"一场，陈爱莲在表演时，突出文成公主性格中果断的一面。在即将辞亲远行时，文成手捧母后赐给的"日月宝镜"，依恋不舍的儿女之情油然而生。但当侍女为她戴冠更衣后，她毅然决然的神情，使人感到，这位美丽温柔的公主，为了民族团结之大义从此深宫一别，无论遇到什么困难，都不能阻挡她进藏的决心。看后使人肃然起敬。

在"唐蕃情深"一场，陈爱莲在表演时，突出文成公主性格中天真善良的一面。久居深宫的公主和侍女们，西行途中来到青海草原。那肥美的水草、碧蓝的天空，令人心旷神怡。文成在草原上欢舞起来，真切地流露出天真的少女情态，使人感到亲切可信。当联姻消息传来，吐蕃人民扶老携幼赶来欢迎文成公主时，她那尊长爱幼的善良性格，使人感到可敬、可亲。

在"掷镜赦登"一场，陈爱莲在表演时，突出文成公主胸襟博大而又温柔多情的一面。文成的队伍进入青藏高原的日月山，风寒缺氧又无接迎和补给。人心浮动，念故思乡。文成毅然将"日月镜"掷于山崖下，以绝思亲之念。为了民族团结的大业，公主对吐蕃武将，对唐主战派赤登坚赞向她暗射的箭，当众折断，以示赦免。和美地与英主松赞干布比翼双飞共成连理，象征汉藏人民结下相传万世的兄弟情谊。这场戏是"戏舞并重"的重头戏。陈爱莲演来落落大方，细腻入微。特别是这场戏中章民新、孙天路两位编导合作的"文成、松赞双人舞"，既有中国古典舞的含蓄，又有唐代舞蹈的洒脱，还融合了藏族舞蹈的豪放，身段别致、感情贴切，给陈爱莲提供了充分发挥她动作柔美而富于流动感的舞蹈特点的前提。她和年轻新秀叶健平合作默契、交流自然，使这段双人舞表演得温文尔雅而又情意绵绵，给人留下幸福、美好的印象。

陈爱莲成功地塑造了一个大唐公主的舞蹈形象，她自己在观众的心目中的形象也更为丰满。报章杂志纷纷载文称赞，说她"具有优秀表演艺术家的准确的自我感觉，文成公主是她花费了巨大劳动，精心创造出来的一个舞台艺术形象"。自此以后，她虽已人到中年，但在艺术创造上却进入了一个更加旺盛、成熟的时期。

《红楼梦》

林黛玉是什么样子？没有人见过。但凡看过《红楼梦》原著的人，心中都有一个活脱脱的林黛玉的形象。由于每个人的生活经历，理解能力和艺术修养的差别，人们心中的林黛玉既是一致的，又是千差万别的，事实上，每个人都在自己心中塑造着林黛玉。

在此之前，陈爱莲也想象过、琢磨过林黛玉，但当她接受了扮演这个角色的任务后，她就不能随心所欲地想象了。她必须按照艺术创作的规律，深入到人物内心中去接近她、了解她，并把她活现于舞台，而且，既要是人们心目中的林黛玉，又是舞蹈中的林黛玉，这无疑是一个艰苦的创造。

在陈爱莲的表演史上，已创造过各种各样的角色，但还没有一个角色，像林黛玉这样在创作过程中使她感到如此之难，如此之累。难，并非在动作的深度上，而是难在人物性格的刻画上；累，也非在体力的消耗上，而是累在呕心沥血的创造中。

陈爱莲接到任务后的第一件事，就是研究角色。她前前后后看了多遍《红楼梦》及有关的文字、图片

陈爱莲

资料。她认为，林黛玉的外表和性格是极为矛盾的。表面上，林黛玉有着泪光点点、娇喘微微的病态美；心理上，却有着"质本洁来还洁去，强于污淖陷渠沟"的骨气。如果这表里之间的矛盾掌握得不准确，就不足以使观众承认这是他们心目中的林黛玉。为了做到既形似、又神似，她创造性地体会编导的意图，用舞蹈动作之"形"，去表现黛玉精神、气质之"神"。神、形结合的过程，就是人物创造的过程。在此过程中，陈爱莲与亲人、师友之间仔细研究黛玉的外形特点和性格特点，从《红楼梦》中描写黛玉的诗及黛玉"自己"所写的诗中去体会人物的气质。

开始进入排练时，陈爱莲曾一度因一些动作不能

舞剧《红楼梦》剧照

从苦孩子到大明星 cong ku hai zi dao da ming xing

——著名舞蹈家陈爱莲

很好的表现黛玉的感情和性格而焦急、烦燥，夜里躺在床上琢磨得不能安眠，白天在家里也常常坐在椅子上发呆。正当她开始"接近"林黛玉时，又突然接受了赴法国、西班牙参加"民间艺术节"的任务。法国人的浪漫气质和西班牙人的豪放性格，没有冲淡她对林黛玉的思念，身在他国异乡，心中却时时闪现着林黛玉的身影。

陈爱莲以自己独特的见解去塑造林黛玉。比如"进府"一场，陈爱莲不过多地表现孤女投亲，寄人篱下的悲凄情感，而是以刚进贾府时的新鲜感来突出少女的纯真；在"夜读西厢"一场，她托腮遐想，充满对幸福的向往，表演得不温不火，分寸得当；在"葬花"一场，黛玉虽然以落花自况，但陈爱莲在表演时并不强调哀伤情调，而是在黛玉的孤独中，表现出一种诗人的气质；特别是"焚稿"一场，二十多分钟的"独角戏"，把病卧潇湘馆的黛玉的感情表现得层次分明、细腻入微。焚稿前，编导用了一个"闪回"的手法，让宝玉拿着在葬花时曾多情地披在黛玉身上的绿色披风，两眼茫然，面无表情地随着黛玉踉跄的脚步依依而行。此时的黛玉——陈爱莲的思绪已回到往日宝玉对她的种种柔情之中，但通过她几个似动非动的步法和眼神中，使人感到她的回忆，并非对昔日柔情的留恋，而是对柔情的诀别。焚稿时，拿着诗稿的颤抖的双手，是断绝痴情时心灵的颤抖，将诗稿付之一炬，是从缠绵的痴情中超脱出来，她虽为情而死，但没有对不能与宝玉结合的怨恨，而是超脱之后仍是一个"质本洁来还洁去"的孤傲不屈的林黛玉。陈爱莲所塑造的林黛玉，不是一个红颜薄命的女子形象，而是以"死"来对贾府——这个黑暗王国的缩影，对美的毁灭的控诉。

一个演员一生中能塑造出一两个出神入化的角色，就是艺术上难得的成就。陈爱莲已塑造过许多不同类型的角色。其中，有两个角色可以誉为达到了出神入化的地步，一个是《鱼美人》中的蛇精，一个就是林黛玉。如果说，蛇精的成功更多的得益于她优越

陈爱莲在舞剧《红楼梦》中饰演林黛玉

的身体条件和舞蹈动作的表现力的活，那么，黛玉形象的成功则是得益于她的艺术修养和对人物的理解。蛇精，是她当年风华正茂时期的最佳代表作；黛玉，则是她的表演艺术达到纯熟时期的另一最佳代表作。这两个代表作可以概括出她舞蹈艺术的表演特点是"以情带舞"，"化舞为情"，具有优秀的舞蹈表演艺术家的特质。

陈爱莲作客《面对面》栏目

陈爱莲，1939年出生于上海。1954年考入中国第一所舞蹈学校。因主演中国第一部芭蕾舞与中国舞蹈相结合的舞剧《鱼美人》一举成名。

陈爱莲接受记者的采访

1989年任陈爱莲艺术团艺术总监、团长。1995年创办陈爱莲舞蹈学校。

2007年12月27日晚，陈爱莲舞蹈艺术55周年专场演出在全

陈爱莲接受记者的采访

国政协礼堂举行。在专场演出中，陈爱莲和她的学生们表演了中国古典舞剧《红楼梦》"葬花"片断和《春江花月夜》、《草原女民兵》等经典舞蹈剧目，演出不时赢得全场观众的阵阵掌声，舞台上一个个充满活力的青春形象使人们几乎忘记了这位舞者的年龄。

王志：介意透露一下你的年龄吗？

陈爱莲：我不介意，今年68岁。

王志：68？

陈爱莲：对。

王志：那你的头发焗过吗？

陈爱莲：基本不焗，哪有理发店、美容店说陈爱

与小学员们在一起的陈爱莲

莲去焗油啊。

王志：你自己可以焗啊！

陈爱莲：不，我偶尔会有几根白发，我就跟我们的学生说，我就是因为操你们的心操的，要是不操心的话，一头的黑发。

王志：但是你说你这个头发，和你的皮肤，和你的打扮，像一个68岁的人吗？

陈爱莲：我觉得你有点保守吧，现在我看那个说是人的细胞什么各方面因素，应该是活到150岁，那按我这个年龄，才中年吧，是不是啊。

王志：但是自然规律，我们现实是68岁的人，应该拄着拐杖，应该老往医院跑。

陈爱莲：这个错误的，我觉得，人活七十古来稀，现在已经不实用了，要与时俱进了。

王志：那在你的心目中间有没有年龄的概念？

陈爱莲：我自己经常想不起年龄，就是别人逼得我想年龄。他们说，听说你还在跳啊，然后说，注意身体啊，你毕竟是这把年纪了。就是这个时候，我才觉得好像人家老在提醒我年龄。我自己没有年龄的概念。我老觉得我挺年轻的。

采访是在陈爱莲的家中进行的，陈爱莲的家就在陈爱莲舞蹈学校的教学楼上，而家里的客厅也就是她

即
兴
跳
舞
的
陈
爱
莲

的练功房，舞蹈和生活对陈爱莲来说已经融和在一起，现在的她每天还依然和年轻时一样练功。

王志：但是很多人可能都有疑问，陈老师年龄是不是假的？

陈爱莲：它不可能的，倒是有人建议过我，说不可以改一改啊？那我说太不诚实了这个人，那就等于我的身份证，我那个户口本，打从上海到北京现在要重新把它改掉，那你说合适吗？

王志：但是现在科学发达啊，驻颜有术，返老还童这种事情也经常发生，你有没有动过手术？

陈爱莲：我想我基本上没有动过吧。

王志：什么叫基本上？

陈爱莲：没有拉过皮啊，垫鼻子啊，什么都没有啊。你觉得我不老吗？我倒觉得我这些年老多了，这是人生的客观规律，只是我老化的程度比较缓慢。

王志：那就是驻颜有术，一定有什么秘方，要不然怎么能这样？

陈爱莲：我保持练功，一直在跳舞，第二，我是有非常科学的一套方法，第三条就是保持一个非常的心态。

王志：怎么保持？

陈爱莲：保持好的心态，你比如我一般都是向前看不向后看，我的人生并不平坦。我人生有很多坎坷啊，很多很伤心的事情，过了这段，就成为历史了。不能把它背在身上，然后永远往前看。

68岁的年龄，两次生育，会给一个女人留下什么样的形体和精神状态，而陈爱莲似乎偏偏愿意打破人们的这种固有思维。

陈爱莲：我怀孩子到7个月的时候，我还做"踹燕"呢，就是一个人蹬平，一只脚站那，一脚抬起来，人平着，还做这个踹燕，给人示范着教课，一直到生孩子的当天我还在擦地板，趴在床底下擦地板，整天给别人排练。

王志：那你不担心生产的以后身体变形吗？

陈爱莲：生的时候肯定肚子要大一点了，那么生完了以后很注意，你比如第三天就开始稍微要有点仰卧，然后我一个月的时候，我就开始练自行车，54天产假以后，我就练功，练功以后不到100天，我就成为主力，然后就大家来参观课的时候，我就表演就是主力了，当时开始感觉腰有一点，中间那一节，有一点点刚才开始恢复，有一点点硬，然后没有什么。

王志：你觉得你的婚姻、家庭生活幸福吗？

陈爱莲：我还是喜欢找一个知心知己，就是找一个相爱的知己。以爱情放在第一位，而不是把物质放在第一位。

王志：你是不在乎于物质生活呢，还是你的物质生活也得到很大的满足，像现在穿金戴银。

陈爱莲：假的，我穿金戴银，这个就很值钱的，是一个非常好的朋友送的，女的，女的朋友送的。

王志：为什么一定要告诉我是女的？

陈爱莲：这样更好一点。因为我也有男朋友送的，比如我身上挂的比较贵重的东西，所谓贵重的都要好几万的吧，就这类的，那都是很多人送的，一些粉丝送的。你说我买得起吗？我想买就买得起，但是我很少买贵重的东西。

王志：牌子呢？讲究吗？比方说化妆品。

陈爱莲：从来不讲究牌子。我也不去蒸桑拿，美容院几乎都不去，我也没时间去。衣服也是，我觉得漂亮的，合身的，对我来讲是合适的，不盲目的追求名牌、但是我会考虑它的质量。

从12岁学舞一直跳到68岁，陈爱莲的舞蹈生涯超过了半个世纪。2007年，陈爱莲工作的一项重要安排就是准备她的舞蹈艺术55周年专场演出。为了这场演

——著名舞蹈家陈爱莲

从苦孩子到大明星 cong ku hai zi dao da ming xing

出，她已经筹划了一年多。

王志：你为什么一定要演这一场，在55周年的时候。

陈爱莲：中国人就逢五逢十对不对，是个"大"是不是。那么现在55周年从艺，本身这就是一个大，另外如果说我不能跳了，我什么都不能干了，我在家里当老太爷，大家来给我恭贺恭贺，老太爷从艺55周年了，我不反对别人做，但是我的性格我不会做。

王志：为什么不呢？

陈爱莲：我觉得没有什么价值，因为我有很多其他有价值的东西，来不及去做，我没事在家里等着你

陈爱莲生活照

们来给我庆贺。

王志：27号这场演出你自己就没有一点忐忑吗，会不会是人家因为尊敬你，才去看你演出？

陈爱莲：不是,去年12月份，我在北大演《红楼梦》，你知道售票就别提了，没有票买，那么就是说爆棚。尤其是我独舞的时候，只要我在场，鸦雀无声，我都有点害怕，就安静到我不知道台下还有人。他们说，我们眼睛应接不暇，生怕漏看了一点东西。特别逗，有一个老先生拿着裹挟进来坐得还挺前面的，看到第三场我"葬花"的时候，他们想看一个67岁的人，说，陈爱莲什么时候出来？早就出来了，第一个一开始"黛玉敬佛"就出来了，前面一直都是她。然后呢，还有一帮北京舞蹈学院继续教育的学生，看完以后回来问他们的同学，那个同学是从我这个学校毕业的，哪个是替身，哪个是她的真人？后来说，什么替身啊，从头到尾都是她自己。我50周年在上海演出的时候我一跳，没跳多久，观众席就喊了，什么62岁，明明26岁嘛。

王志：那平心静气，聚精会神的原因会不会是担心你呀，陈老师可别闪着。

陈爱莲：那我相信，我希望你去看好吗，我希望你去看，我想很多人都不是你的想法，但是很遗憾，我真是公演太少了，这次也无法卖票，所以很多观众不满意。

王志：不但无法卖票，绝大部分是赠票，而且只演一场。

陈爱莲：不是赠票，赠不过来。

王志：为什么？

陈爱莲：要看的人太多了。

王志：演出的剧目选择上有什么讲究，会不会把那些难度大的剔除去？

陈爱莲：恰恰选择特别难的剧目。首先是要有代表性对吗，要精品，观众当中熟知的精品，所以我从1959年我演我的《春江花月夜》，60年代初我的《鱼美人》里面的蛇舞，这两个都是得金奖的，国际金奖的。然后70年代的《草原女民兵》，80年代的这个，《吉卜赛舞蹈》，然后呢就是《红楼梦》了，其中一段，就是"散花"、"葬花"，就作为这个晚会的一个压轴节目。所以，你说是难还是容易啊。

其实，在2002年，63的陈爱莲就推出了《陈爱莲舞蹈艺术50周年庆典》大型舞台音乐舞剧。当时的人们对于63岁的她还能站在舞台上已经感到非常惊讶，出人意料的是，时隔5年之后，68岁的她还会接着举办55周年专场演出。

王志：那陈爱莲为什么还能够跳呢？跟领导关系

好?

　　陈爱莲：并不是领导叫我跳啊，我现在所有得的奖都不是公家给的，很遗憾，所有文化部给的奖，什么文联给的奖，我都没有。我都是社会给的。

陈爱莲的舞台风采

王志：但是政协主办，领导出席这不就是个标签吗？

陈爱莲：那我跟你讲，我从去年就已经开始筹划了，一直到一个多月前我实在急得不得了，剧场都没有，这也没有了，那也没有了。然后忽然想到，政协礼堂，政协能不能，也是一个朋友启发我的，说我们政协给你主办怎么样？我说也行啊，我说不在乎舞台大小，只要我能演。因为为什么，这个人说话要算话，我今年55周年，我一定要拿出一场，一个《红楼梦》，还有一场晚会来作为汇报，答谢。当时去你知道吗，如果再去晚两天，政协的剧场也没有了。

王志：我们很想知道创造这种奇迹，是你的一个目标呢，它还是已经成为你前进的一个动力了，你一定要做？

陈爱莲：我一直是一个孤儿，然后都是党和国家、人民培养了我对吧，给我创造了各种机会，那给我印象特别深的就是在我上北京舞蹈学院上学的时候，陈校长就给我们大家讲，那话我记一辈子，60个农民的一年劳动养我们一个舞蹈学校的学生，你们可要珍惜了，另外那个时候就是老觉得要爱国，要回报祖国。

陈爱莲1939年出生在上海，1949年，10岁的陈爱莲在一年之内失去了父母，成为孤儿，进入了上海一心孤儿院。1952年中央戏剧学院附属舞蹈团学员班到上海招生，在孤儿院里选中了12岁的陈爱莲。

王志：怎么就轮到你了呢？

陈爱莲：我赶上了一个特别好的时代，你说在解放前，包括在民国的时候，一直没有舞蹈专业，没有这个事业，所以新中国解放以后，才建立了，咱们应该感谢咱们的党和政府，这真是这样，这不是假话。

王志：那总得挑一挑吧，你的优势是什么，怎么会选择上你？

陈爱莲：一共在3家孤儿院挑了7个孩子，我们孤儿院就去了3个，因为解放以后，新中国成立以后就在接到(孤儿院)里边跳过那些群舞，就是集体舞什么。这类然后比划比划，大家就觉得挺什么，我这方面有天赋，可能更与众不同。

王志：那你当初自己怎么看舞蹈呢，为什么要跳舞？

陈爱莲：我对舞蹈可没有认识，我就梦想当电影演员，要不就当话剧演员，所以到了中央戏剧学院附属舞蹈团以后，我当时好失望，我觉得完蛋了，后来正好这个时间呢看了前苏联4部芭蕾巨著，《罗米欧与朱丽叶》、《天鹅湖》、《普希金的泪泉》，又看了

与小学员们在一起的陈爱莲

《巴黎圣母院》，一看完以后都是舞剧，我觉得舞蹈也能完成戏剧给你的任务，也能塑造人物，也能展现故事情节，也能表达一定很多的理念，并不是说光是蹦。

1954年，在经过了两年的学员班生活后，陈爱莲考入了中国第一所舞蹈学校北京舞蹈学校。1959年，陈爱莲以各科全优的成绩毕业，同年主演了中国第一部芭蕾舞与中国舞蹈相结合的舞剧《鱼美人》而一举成名。1962年她代表中国参加在芬兰举办的第八届世界青年联欢节，获得4枚金质奖章。

王志：有什么样的条件促使你脱颖而出呢，是因

陈爱莲的舞台风采

为你个人天才的能力呢，还是遇到了很好的机遇？

陈爱莲：现在都说我是个天才，我觉得我主要是得到了太好的机遇。你看我从孤儿院出来吧，在舞蹈团学员班的时候，都是大家教我们，吸取里边用的集中的舞蹈部分最多、最美的是昆曲对吗，北昆的大家韩世昌、马祥麟、侯永奎，我们经过他们手把手两年的这种教学。另外，我还比较用功，晚上演员排戏，有很多孩子就玩去了，我就天天坐那看，不但看，然后我就学。到了北京舞蹈学院也是最好的老师，然后还是全科，学中国的古典舞，学中国的各民族民间舞，藏、蒙、维，什么都学，然后这边学苏联的，意大利舞、西班牙舞、匈牙利舞，也都学，还有西方的芭蕾，全科选择。那么就是造就了我这样，就是什么都能来。所以我学习条件太好了。我是站在巨人的肩膀上。

王志：第一次当主角是什么时候？还是一上来就

是主角？

　　陈爱莲：我大概刚进这个行当就比较显露头角了，就是我1957年，中国第一个文艺调演，就代表参加了全国的文艺表演。然后就进中南海，坐在第一排跟毛主席照相，那个时候才十几岁。我1952年进了舞蹈团学员班吧，1953年的人民画报上，我就是站在正中间，就是主角了。

　　从孤儿院走上舞蹈之路，陈爱莲经历了少年成名的辉煌，但也随之品尝了人生的酸甜苦辣。文化大革命中，她不仅失去了最亲的人，也被迫离开了心爱的舞台，下乡改造3年这段时期是陈爱莲人生事业的最低谷。

　　王志：那么单纯一个人，文革跟你有什么关系？

陈爱莲的舞台风采

陈爱莲：文化大革命你想想，我是受冲击对象，因为我演才子佳人，帝王将相，就这样也受批判、受打击，受打击最大的就是我的第一个丈夫杨宗光，我们在北京舞蹈学校的时候，他是我老师，他大我有四五岁吧，是当时舞蹈界最优秀的一个舞蹈演员和男教员，非常非常爱我，最后我们感情也非常好，他这个人呢，就是有种宁折不弯的，他不会圆润变通，我认为，那当然那个时代这种情况下，他也觉得委屈，而且他也很刚烈这么一个人，结果卧轨自杀了。

王志：那个3年，下放的3年，怎么过来的？

陈爱莲：本来想下放我们一年，那么周总理就给了我们一个机会，就是跟部队的说，这些人呢，每天要保证给他们一个小时的专业训练，然后刚开始大家信心百倍，反正最多熬一年吧，就都回来了是吧。后来没多久以后，慢慢以后就不练了。因为就听到消息说我们回不来，确实回不来，呆3年呢，所以就开始没人练了。结果大家有看书的，有睡觉的，有打磨活的，干什么的都有。

王志：你在干吗呢？

陈爱莲：我呢，就天天练功，就抓紧那个小时练功，我记得我印象很深，我穿一身黑，然后在部队的

全国政协委员陈爱莲

从苦孩子到大明星
cong ku hai zi dao da ming xing

——著名舞蹈家陈爱莲

陈爱莲每天练习芭蕾动作组合

操场，在部队操场、篮球场、部队土篮球场，弄了一些棍，支着那当把杆什么的，在那土地上跑步、压腿、踢腿，然后小土坡上的很多农民坐那看我，还叼大烟袋。我说他们一定觉得我是神经病，就我一个人，就一直坚持练功。

王志：你怎么能够超脱出来？

陈爱莲：你想人生不如意是十有八九。时间对于人生来讲，就几十年，你要能够理解，要能够宽容。作为一个艺术家来讲，这个苦难是老天爷赐给我们难得的财富，真的。

王志：那我明白了。人生不如意是十之八九，陈老师是把不如意当做正常。

陈爱莲：对。

王志：如果说我如意的时候？

陈爱莲：那是上天赐给我的恩惠。

40岁她举办中国首次个人舞蹈专场晚会；

50岁她创办民营艺术团开始下海经商；

68岁她依然活跃在舞台上。

文革结束后，陈爱莲又回到了舞台，而且重新组织了家庭。1980年，经历了人生的大起大落之后，已过40岁的陈爱莲举办了中国首次个人舞蹈专场晚会——《陈爱莲舞蹈晚会》，她运用了中国古典舞、芭蕾舞、中国舞、中国民间舞等舞蹈表现手法创造性的进行了表演，成功塑造了多个性格鲜明的女性形象。

王志：80年你搞第一次专场，文革结束以后，你是第一个舞蹈家？

陈爱莲：什么原因啊，我要告诉你，就是不顺带来的顺。那个时候呢。中国歌剧舞剧院排一个舞剧，不用我，主角不用我，配角不用我，于是乎呢，就剩我一个人有空，那可能很多人就会生气、闹情绪，我没那么想。我想我正好有空，太好了，不是想搞那个专场吗，我就在那自己策划，我跟我爱人两个，他写词，就这样，我就把我的专场就完成了。所以呢，塞翁失马焉知非福，他们有时候问我，说我呀，我像个皮球，一拍，弹起来了，越拍可能弹的高一点吧。那么在这个过程当中我没有放弃过的时候吗？有。就是80年代前期有一段时间，"走穴"什么记不记得，没有演出，不安排演出，然后观众想看就是走穴，走穴还能挣点钱呢，还能补贴点营养呢，我那个时候开专场才一块五一晚上，跳死我一块五，然后我还得自己贴钱去吃块肉，要不没劲，跳不动。那么所以在这种状况之下，很多剧团就基本上就消沉了，整个文艺界就消沉了。我去练功房里边，很少有人练功，我倒是坚持，但是这种状况之下，我思想也有一个低落的那个时候。

王志：环境也不好。

陈爱莲：环境也不好，可能年龄也差不多，五十多岁。

王志：那怎么走出来呢？

陈爱莲：我就想我大概是要歇了，有这种思想，有点往下要消沉了。突然看了这个德国的斯图加特的舞团，那个叫什么来着海蒂，舞蹈家太棒了，一打听她比我大两岁还是三岁，我自己觉得特别的惭愧，我本来就是说作为一个中国人，我们要向苏联那样也出艺术家，出舞蹈家，那现在一个德国的舞蹈家，比我年纪要大，在台上这么风光，我们这要消沉了，要结束了，要画句号了，我觉得特别汗颜。而且她给了我一种动力，她可以我为什么不可以。

上个世纪80年代开始，文化体制改革陆续在各地展开。而这股改革浪潮，也波及到陈爱莲当时所在的中国歌剧舞剧院。在这场改革中，陈爱莲迈出了下海

陈爱莲

经商的重要一步，她停薪留职成立了陈爱莲艺术团。

　　王志：那1989年成立陈爱莲艺术团的时候，你出于什么目的呢？

陈爱莲：在1988年的时候，国务院派人来谈文艺体制改革，等他们发完言以后，我发现所有发言的人都没睡醒，都没听明白人家要体制改革。

王志：你听明白了？

陈爱莲：我不但听明白了，我比他跟我讲之前，我思考的更多一点，我是在1984年有一个从美国回来的一个舞蹈硕士，他就跟我讲，说美国在三四十年代，很优秀的舞蹈家就饿死了，为什么饿死了呢。他们觉得他们要保持他们所谓气节他们的名节，他们守着，开始有钱，但慢慢他老不演出，老没人请你，他不就饿死了吗。但是另外有一批人，他就不是这样，他就一看到哪有钱，就是当年的美国百老汇，还有那些夜总会，那些下层的。

王志：你不在乎？

陈爱莲：他能挣到钱，所以他们那一拨人就下到那去了，同时他们是带着艺术去的，就把那些人提高了，现在美国百老汇和大都会都是美国最棒的，他把艺术放进去了。过了经济危机以后，这些人又回来了，成立自己的学校，建立了自己的剧团又拍戏，我说，这识时务者为俊杰，这条路还不错。

王志：但问题是到哪去找钱呢？

陈爱莲：建国初期的时候，你知道一个团只有50

个人，1987年的时候，都到了五百人以上了，懂吗？这么庞大，养着这么多人，只能进，不能出，然后很多人就吃闲饭，那么浓缩，剩下一部分就是自负盈亏，那企业的工人也有下岗转业的，为什么我们文艺界不可以啊。

王志：那你当时的决定，也算是吃了螃蟹了，但是当时那种情况，以你当时的资力和身份按说也轮不着你呀。

陈爱莲：你想想，当时我并没有想出来，是逼出来的。我其实那个时候都五十多岁了，我还不年少，我觉得我都可笑。我说，我真不是为了我自己，我说真是咱们再这样下去都拖死了，发展不了，我说真是为了文艺体制改革，文艺的兴旺，我愿意第一个走。

陈爱莲艺术团是文化部批准的第一个以个人名字命名的民营艺术团，陈爱莲任艺术总监和团长。此后，她拥有了双重身份：舞蹈家和商人。在经商道路刚刚起步的时候，陈爱莲带领着艺术团，开始了走南闯北的"江湖"生涯，养活了一团的人，同时也挖到了她从商路上的第一桶金。

王志：那这么些年，艺术团是怎么存活下来的呢？

陈爱莲：就是仗着我的一点社会影响力吧，这个工厂的厂长给打了一个电话，给你们演出一场，来吧，特别欢迎你陈爱莲，然后那个工厂……然后北京也差不多了，到外地巡演，我的爱人、现在的丈夫魏道宁，他也是很辛苦。那个时候支持了我一把，帮着我当经理，我们那个时候到了一个剧场以后，开始当清洁工，全部打扫干净了以后，再装台、再扛箱子……就这么一个一个巡回演出，就是很多夜总会、很多歌舞厅我都去走场，串场，带着队伍，而且还驻过场，还当过歌舞厅艺术总监，歌手。

王志：平衡得了吗？大艺术家，大舞蹈家？

陈爱莲：我很平衡啊，而且我很幸运，我的光环还是经常在我身边，没有消失，没有人敢对我特别不尊重的，都是非常非常敬佩的。钱是我血汗钱，我的劳动钱，而且我表演的《春江花月夜》啊，《吉卜赛》啊，《浪者之歌》，最多我编点《我和你吻别》，那也是很正常的那种双人舞，《曾经心痛》那也是非常非常好的双人舞，另外还有一点我跟他们说，我说我一直在为人民服务，你以为夜总会里都是坏人吗，你以为剧场坐在那一本正经的都是好人吗，那不见得，真的，夜总会有很多好人呢，而且有很多农民。

王志：但是夜总会毕竟是夜总会啊，有没有说陈爱莲陪我喝杯酒啊，陈老师咱们出去宵个夜？

陈爱莲：我跟他们一起宵夜、喝酒的情况是有的，但是从来没有人用这种语气的，说陈老师非常崇拜你，非常喜欢你的舞蹈，我们能不能请你吃顿饭，跟我们一起宵夜。可以啊。要请就是整团都去，你要发红包一块发，然后谢谢。你只要是搞清楚，你是演员，你不是三陪，你不是其他的东西，你只是演员。

王志：那么多年过来，你觉得最初的决定是对还是错？

陈爱莲：对和错要看后果对吗？如果我在剧院里边，你看现在剧院那些当年的女主角们都干吗呢，你看看他们，都干吗呢，你看到我干吗呢！对吧，我一年能演三百多场。

1995年，陈爱莲创办了北京市第一所民办舞蹈学校——陈爱莲舞蹈学校。迄今为止，学校已经培养了7届中专毕业生。这就是位于北京市南郊的陈爱莲舞蹈学校，一百多名来自全国各地的学生，每天在这里闻鸡起舞。陈爱莲既是校长，又是教员，每天除了处理大量繁杂的行政事务外，她还亲自授课，把多年的舞台实践经验编成教材，传授给学生。

　　王志：你怎么培养学生呢，就像你说的，你之所以能成为一个舞蹈家，顶尖的，博采众长。

即兴表演舞蹈的陈爱莲

陈爱莲：所以我们现在呢？

王志：现在做不到，专业越分越细。

陈爱莲：对，我说我尽我最大的力量，但是我的力量是有限的，就是在我的学校里，尽量让他们科是全科。

王志：学生的去向呢，正规院校毕业的舞蹈专

陈爱莲

才，也就是到晚会上去伴舞呢，你们这所学校培养的学生能去干吗？

陈爱莲：他们今后到底伴不伴舞这个我没办法给他们决定，但是我们的去向非常好，一个因为我基本上是中专，然后我后来有过大专，跟别人合作的，他们毕业生，我的中专毕业生，除了考试上面我们跟别人合作的大学以外，还考上北京舞蹈学院，考上民族大学，然后毕业以后，有去东方歌舞团的，有在中国歌剧舞剧院的，有去煤矿文工团的，有去中国歌舞团的，都很好。

王志：像目前这种体制，或者舞蹈现在的现状，你觉得还能出陈爱莲吗？

陈爱莲：不能，不是我一个人说不能。每次他们都夸我说，我是非常复杂的心情。一种呢，当然是有一种喜悦是吧，人家称呼你是大师，开心吗，同时悲，特别感觉到悲哀。我们夕阳无限好，只是近黄昏，你完了总要再出一轮吧，这个着急，干着急啊，真是，他们现在很多人在艺术界都是浮躁，快餐文化，忙着弄点东西挣钱。你想，哪一个大作不是要耗尽你的很多很多的心血对吗！

舞剧《红楼梦》里的林黛玉形象是陈爱莲的代表作，1981年，《红楼梦》被中国歌剧舞剧院第一次编成舞剧，而陈爱莲也成为了第一个舞剧中的林黛玉，那时，她42岁；1997年，陈爱莲出资近百万元复排《红楼梦》，那年，她58岁；2006年12月8日，67岁的陈爱莲在北京大学完成了《红楼梦》第五百场演出。

王志：演过那么多剧目为什么对林黛玉这个角色情有独钟？一演就是500场？

陈爱莲：就是1997年吧，《红楼梦》的导演于颖说，陈爱莲啊，如果你想恢复这个节目，我希望你先恢复《红楼梦》，因为我的身体已经完全不行了，我不知道我还能坚持多久，如果你恢复的话，我就给你排，这是我最后一个版本。这是难得的机会，所以就首选了《红楼梦》。

王志：那因为你的名气大，因为你年龄大，人家去看稀奇？还是因为你水平高？

陈爱莲：当然我水平高了，我水平高，当时有很多小报很有意思，就是说，听说她表演特别好，那能不能在她表演的时候，因为年纪大了，脸蛋已经不好了，脸蛋不好了，在台上就不好看了，所以呢，胳膊、腿一定是硬了，一定玩技巧不行了，然后做技巧的时候，让别人来做。我说她当电影呢？还搞那个特写交换，我舞剧台上，怎么可能我这边表演，那条腿让别人抬呢，都得我自己完成。

091

——著名舞蹈家陈爱莲

从苦孩子到大明星

cong ku hai zi dao da ming xing

王志：陈爱莲有什么不一样呢，为什么一定不妥协呢。

陈爱莲：最大的敌人是自己，克服自己就都克服了。舞蹈事业工作者，真是30岁后才成熟，才是真正会跳舞了。生活阅历，他看到的，他想到的，他经过研究的，他越来越会跳，随着年龄的增长，他的柔软度就不软了，就僵硬、端肩、驼背，就造型没了，然后体力也没有了，这是一对矛盾，你年龄越大，越懂条件，但是你身体这方面各方面又不能跳舞。

王志：你身体也是这样吗?

陈爱莲：就比如说我建校以后，你看我忙于教学，忙于事务，演出又不多，所以自然状态，我觉得我的腿搬到这就差不多了，已经不容易了，后来我的一个学生，他就给我搬腿，说你没问题，你弹性挺好的吗。我说是吗，他说是啊，好多同学还不如你的弹性呢。前不久他们在这里看我大跳，都傻了，二三十岁的舞蹈老师都奇怪，我女儿也是很奇怪，你现在腰这么软，比前些年软了好多好多，因为我一定要盘成那条蛇，我不软行吗！

王志：但是自然规律啊，年轻的演员肯定某些方面比你要强，而且你年轻的时候，一些难度的动作可能你做不了，这也是事实？

陈爱莲：不，我想告诉你一个，这些年我在长功。

王志：功长在哪？

陈爱莲：这个功长在哪你可以看，实际上我现在演的《红楼梦》里的林黛玉，远远比我80年代技巧难度要高。

舞剧《红楼梦》的成功，为陈爱莲带来了诸多的赞誉，但是，围绕她是否该出演剧中的主角林黛玉，一直都有着不同的声音。有些人认为陈爱莲应当培养新人，把这个角色让给年轻人来演。

陈爱莲：我们复排《红楼梦》不久以后，我的学生就告诉我说报纸上有一篇文章，意思就是从各种角

从苦孩子到大明星

著名舞蹈家陈爱莲

cong ku hai zi dao da ming xing

度来讲，问很多的人，得出的结论就是，你这么大年纪了，你能演林黛玉吗，好像把我比喻成一种舞霸，好像我霸占这个舞台上，不让人家演。

王志：不是吗？

陈爱莲：写这篇文章的人他误会了，实际上不是这样。排了4组林黛玉，我第一组，我的小女儿第二组，然后还排了两个学生，4组林黛玉大家比赛，我觉得年龄大、年龄小应该是赛，而不是让，艺术上没有让之说。

王志：但是有可能因为你年龄大啊，别人让你啊。

陈爱莲：谁让我，没有人让我，这个点你大概不

当评委的陈爱莲

太了解，尤其是那天在剧场彩排的时候，我们原来的一些老演员们也都去看，看完以后，看到"焚稿"那一场，就这一场戏，没有人能跳，只有陈爱莲能跳，因为它太长了，我一个人在台上18分钟。我们在保利大厦应该演两场，我跟我女儿说，我演一场，你演一场，我当然愿意培养我女儿演了是吗，人家不干，你两场都演。《草原女民兵》在去年有一个场合演出，一个大企业搞一个活动，然后我说让年轻的吧，让我的一个学生，我的大弟子就去跳《草原女民兵》队长，走台的时候，马上他们看完台的时候给我打电话说，不行，不行，我们一定要你，我们一定要你，不是我不让吧。

王志：因为她没有名气。

陈爱莲：不是名气，你怎么老说名气呢，我觉得如果光有名气的话，我们以前有很多舞蹈家都有名气呀，为什么人们淡忘他们了。比如刚开始你演出，可能是因为名气买你的票，但是马上就有口碑了吧。

王志：从艺55周年，68岁还在跳，对陈爱莲个人来说是个幸事，但是对于舞蹈界来讲，某种意义上，是不是一种悲哀？

陈爱莲：不是，不是悲哀，也是幸事，就是说我创造的奇迹，如果能进吉尼斯的话，不好吗？我觉得很好啊，是一个非常好的事情。悲哀的是另一部分，大家说怎么现在没人了，下面没有后续部队，明白吗，就是我很悲哀，我培养的差不多的半成品，他们都自暴自弃了，去挣钱的挣钱了，觉得休息的休息了，我非常遗憾。

陈爱莲舞蹈艺术55周年专场演出在政协礼堂的演出结束后，陈爱莲还将率团到各地巡演，对于这位屡屡突破年龄极限的舞蹈家，很多人关心她到底会跳到什么时候。

王志：你有没有设想过离开舞蹈，陈爱莲就不能干别的吗？

陈爱莲：什么意思？

王志：或者说还能做什么？

陈爱莲：我？

王志：不跳舞了……

陈爱莲：你知道吗，我自己，曾经讲过我说我是两个陈爱莲，一个陈爱莲就是我真正的，我就是一个普通的人，一个陈爱莲，另外一个陈爱莲是整个社会、国家、人民和我自己努力的结果，那么多老师培养出来的这么一个舞蹈专门人才，我这个陈爱莲要爱护这个陈爱莲，要考虑到这个陈爱莲，而不是说我想干吗就干吗。

097

——著名舞蹈家陈爱莲

从苦孩子到大明星

cong ku hai zi dao da ming xing

王志：你50周年的时候，大家就觉得你在做一件不可能的事情，那么还会有60周年吗？还会有65周年吗？还会有70周年吗？

陈爱莲：你这个问题挺有意思的，因为50周年的时候，我觉得我已经豁了，就豁的不行了，豁出去

全国政协委员陈爱莲

了，然后演出很成功。现在不去想它60周年，也不想它65周年，我现在想的就是我这个55周年，我尽我最大的力量，把它做好，就是我在舞台上跳好它。

王志：对于陈爱莲来说舞蹈到底意味着什么？

陈爱莲：你知道自从我认识了舞蹈，而且就是说，没有什么选择就走上这条路之后，我就跟舞蹈，我就说了相识、恋爱、结婚、生子，现在就是我生子的时候，我必须生子完了以后还要培育他们长大成人对吗？舞蹈其实跟我的生命已经紧密的联系在一起了。

陈爱莲分享成功人生

同学们好，朋友们好！

因为我最近特别忙，我最近正在学习怎么当好政协委员。收到这个邀请，我还是很兴奋的。所以今天过来，我是有我自己的目的，我想通过参加这样的活动，跟年轻的朋友在一起，然后听一些成功的女性讲成功的故事，我觉得能使我更年轻，更成熟。这个目的我觉得基本上达到了。刚才你们在跟两位嘉宾互动的时候，我略微领略了你们的风采。

现在我学习的目的达到了，也觉得自己更年轻了，为什么说这句话呢？

因为我50年代就红了，你们想想我的艺龄，我跳了54年的舞蹈，你们想我多大了？

我现在就是要跟大家分享一下我的个人经历和思考。

我来之前很想好好想，因为那边想着怎么当政协委员，然后这个时候想着女性的魅力，然后坐在这里又听他们两个讲，本来以为坐着这里一个小时，结果听他们讲了，有点跑神了，所以觉得有点对不起大家。就是跟大家分享一下我的经历。

我是52年从上海来到北京，踏入了我的舞蹈生涯，至今已经54年了。去年我还主演了《红楼梦》，我演林黛玉。现在我还在复拍《红楼梦》，本来我想就是让我们的艺术进入校园。舞剧《红楼梦》从81年到现在跳了将近400场。52年到北京以后，那个时候北京舞蹈学院还没有建立，是在中央戏曲学院的一个学员班里面学习的。然后54年建立了北京舞蹈学院，然后又到那里学习了。

我比他们年长的多，我比他们的经历长。我干过学员，又当过教师。然后我在中央戏曲学院的学院班里面学习，因为我在上海的十里洋场长大的，对舞蹈没有兴趣，对电影很感兴趣。因为在上海，看越剧，

参加社会活动，表演舞蹈的陈爱莲。

从苦孩子到大明星

——著名舞蹈家陈爱莲

cong ku hai zi dao da ming xing

所以觉得戏曲电影能够塑造人物，展示人生的经历，给你很多的启迪。所以我特别喜欢电影和戏剧的表演，对舞蹈没有认识。后来听了解放军进上海的时候，听了"解放区的天是明亮的天"然后看他们跳着、唱着。

有一个话剧叫《列宁的故事》，里面有一个女秘书，我特别的珍惜，这个女秘书就是走上来给列宁同志倒杯水，就走了。我为这个准备了很长时候，觉得很骄傲，虽然没有讲话。所以对舞蹈一点印象都没有。我觉得舞蹈就是跳跳蹦蹦可以，说把他作为一个专业根本就不可能，没有这个认识。

当时本来一个很好的家庭，当时是天灾人祸，我父母在我10岁的时候，一年之内双双病故，所以我一下被送到孤儿院了。在大街上也流浪了一段时间，捡了半年垃圾，因为传统教育做的比较好，所以也没有学坏。后来就来了北京，当时一看中央戏剧学院，就觉得很棒。结果来了以后，天天压腿、下腰等等。练了一段时间以后，问我们的辅导员，我说：老师，我什么时候到中央戏剧学院去？老师说，那个是上大学的，你还那么小的，只能当舞蹈队的。后来终于有机会看到了，前苏联舞蹈大师的作品，《天鹅湖》、《泪泉》等等四部舞剧，看完以后，我真的是如痴如醉，从此对舞蹈有了深刻的理解。

舞蹈不但能够塑造人物，而且能够白天鹅、黑天鹅，还能讲各种各样的故事。我就想，这不正跟当电影演员的目的是一样吗？而且还能在这个里面享受到一种电影里面享受到不到的。后来我由演《雷雨》，我演繁漪，这个就比较简单了。舞剧就不一样了，从当中能够欣赏到很多形体的美，所以我觉得更好了一点。

当时我也比较幸运，我也比较用功，也比较有一定的天分，所以半年之后，已经小有名气了。53年的时候我就上了人民画报，那个时候全国也就两三个画报，不像现在媒体这么多了。这就说明比较受重视，所以自己的专业思想就稳定了。

一干就是这么多年，我不知道还要干到什么时候。我就是从相识到恋爱、然后结婚、生子。因为我在北京舞蹈学院毕业了以后，就在北京舞蹈学院做了4年的教师，然后一定要到我到外边当演员，又拉出来当演员。改革开放以后，88年到文化部开会，89年响应文化体制改革，成立了文化部第一个民营的艺术团，就是爱莲艺术团，然后95年，李瑞环号召民办学校，当时那个时候我是热血中年，不是热血青年，所以又建立了北京市第一个最合法的民办艺术学校。

陈爱莲

　　我是嫁给了舞蹈，原来我并没有想嫁给他，而且还有从一而终的思想。我舞蹈学校里面培养出电影明星来。因为我的学校才11年，现在电视里面《天下粮仓》里面的小梳子的那个女孩李倩，就是我的第一届舞蹈学校第一届毕业生。虽然我没有当上电影演员，我的学生已经有好几个了。

　　从这里我想讲一个，在明年的时候我想搞系列的活动，我想创造一个现实题材的歌舞剧。我开始并不想做，并不喜欢，后来开始做了，并且做出成绩。我想跟大家分享一个观点，就是现在的选择太多，刚才叶乔波讲的很好，就是你们现在特别幸运，选择特别多，但是我觉得选择太多了不一定是好事。我不知道你们有没有这种体会，进了商店以后可能是买某一样东西，进去以后，觉得好多都漂亮，最后看得眼都花了，也许到最后买了一件回来，可能回家以后认为很失败，就是挑花眼了。我觉得在现实当中也会有这样的问题，我看到在网上有女生有这样的题目，就是怎么样怎么样来选择。就是选择太多了。

当时我在没有选择，我在孤儿院当时我很想独立，当时没有去想梦想，去当电影明星了。我只想解决我的生活问题了。我看到比我大几岁的小姐妹到纱厂去当女工，能够有自己的生产，可以自立，当时我的理想就是能快长大两岁，就能够比我的小姐妹一样，在商场做工人，我就有工人的工资，我就很自在了，我能够生活了。这就是我当时的想法。

命运就是这样奇怪，后来就到这里了。1962年的时候，我曾经在芬兰赫尔辛基的国际舞蹈比赛当中，一次一个人获了四枚金奖，到现在还是保留记录。因为这也是很难得的，天时地利人和促成的。在国内的时候我也得过很多的奖，非典以后，就是很多媒体搞了"二十一世纪成就奖"我就获得的这样一个奖，其中有李嘉诚、金庸、张瑞敏，还有杨澜、张艺谋、钟南山，还有我。我就放在造福社会那个栏里面。

我们当时没有选择，我想选了一下，都没有选得了。在舞蹈这个专业里面，我们也是可以选择的，但是我们也没有选择的机会，因为我一从事舞蹈的时候，我是古今中外一起来，前苏联的芭蕾舞最大的大师们教我们芭蕾舞，中国戏剧学院最棒的、昆曲界北昆韩世昌，我是他第一号弟子，到了北京舞蹈学院我也是全面进入了。到了我要上五年级的时候，北京舞蹈学院突然接到上级命令，突然有一个领导说：现在中国舞蹈，洋就要洋到底，土就要土到底。我们这么全面学习是不对的，所以就要分科。然后就是这边拉，那边也拉。后来又说了：最好的学生应该学最好的舞蹈。后来我在学校毕业以后，芭蕾第一个民族化的舞剧《鱼美人》是我担任女主角的。当时我们留校的学历是中专，已经是最高的学历了。但是我们当教员的时候，只有我一个人去想到去上夜大，就是宣武区的夜校，然后就拿了一个大学文凭的。当时也没有觉得大学文凭有多厉害，后来前一段时间一想，我们那群人都是中专，只有我一个人大学文凭的。

几年之后，由于我们的舞团没有成立，所以社会上有要求我到剧团去，当时是两个地方抢我，一个是中央芭蕾舞团，一个是中国歌剧舞剧院，其中是两个文化部长找我谈话，一个是夏衍，当时夏衍部长就找我，说你一定要去中央芭蕾舞团，你是芭蕾民族化最好的一块材料，我就特别心动。现在你们看《大红灯笼高高挂》，我跟那个芭蕾舞团长说，我们就是根本一回事，那里面那个男演员很明显了，芭蕾舞演员不会演那个东西，后来就找了个京剧演员就做了，他们就是互相做的。但是我们可以宣布都做了。然后那个女主角要耍水袖，结果芭蕾舞演员不会，结果旁边的戏曲演员比女主角跳的还好。其实我觉得我们都是一回事。

　　我刚才讲的就是我没有选择，就走到这里了，我觉得走得不错。我跟我的孩子们讲，我就发现我的年轻一代有一个问题，就是选择太多了。我说一个家庭非常的贫困，只有一个小院子，必须打一口井，我们只能天天在这里打，可能有的地方水源比较充足，有的10米，有的20米，但是只有这一个地方，早晚都可以打出来。假如说你的院子比较大，可以选择的地方比较多，可能打5米你就不耐烦了，然后就不停的换。所以我有这样一个体会，我希望年轻的孩子们考虑一下，有时候选择太多了不是好事。

我想给大家讲一个寓言，关于一支笔。就是我们有一个孩子拿了这个寓言给我，就是一个写字的笔制造成功以后，要装箱出厂的时候，那个人就跟他讲了，说你将会做大事情，会做出贡献，会很有成绩。但是你要记住：第一，你将被一只手握着；第二，你将会要忍受被刀和各个东西削减的痛苦；第三，你要不断地接受改正错误，因为我们写字经常要擦掉；第四，你真正关心的和你的价值是你的里面而不是外表。

所以这一点，如果你们能把这一支笔的故事跟自己很好的去结合起来思考的话，我相信你们会受益的。另外讲一点点关于女性魅力的。

身为当代女性，女士与生俱来就是具有魅力的，就是有她自己美的。因为本身是个女性，你就很有魅力，应该有信心，不要怨天尤人。另外我想说魅力是根据职业的特点、年龄的特点，不同的阶段有不同的魅力，你青春年少的时候可能长的很圆润，身材很好，箭步如飞，思路敏捷等等很多魅力。但是到了中年以后，就是非常的成熟，有包容性，能善解人意，给人以亲切感，这又是一种魅力。随着年龄的增长，我今天已经步入老年了，年纪大的人，智慧和才华是非常具有魅力的，而且一定要有更加好的心态，宽容、亲切，这样的话，我相信魅力更重要的是后天创造的。

人出生的时候是光着来的，怎么叫美呢？都是靠后天慢慢地穿衣服、扎辫子，然后慢慢地读书、会人，待人接物，慢慢的就有很多的魅力，所以我们说魅力可以是后天打造的，我想每个人都是有魅力的。

提问：陈老师您好，很荣幸听到您精彩的演讲，您作为一个成功的、杰出的知识女性，您的下一个梦想是什么？第二个问题，我也很热爱艺术，也很热爱演艺事业，如果我转行的话，有没有潜力可挖掘？

陈爱莲：我有一个总体的人生定位和构思，既要

沉浸在舞蹈中的陈爱莲

好高骛远，又要脚踏实地。我在舞蹈学院第一年的时候，我的班主任给的评语叫：好高骛远。这个是贬义词呀，但是经过这么多年了以后，我说既要好高骛远，又要脚踏实地。我想这对你的两个问题都回答了。

提问：您刚刚说要把舞剧带入高校，我想这两年您有这个计划吗？然后，我希望您在高校开一个舞剧的选修课呢，我是北理工的。

陈爱莲：我正在努力，一旦我有计划进入高校的时候，希望得到年轻的朋友们的支持。好的，谢谢大家！

陈爱莲作客湖南卫视《天天向上》

中华魂·百部爱国故事丛书
提　要

《誓与禁烟相始终——民族英雄林则徐》

林则徐严禁鸦片，坚决抵抗西方列强的侵略，坚持维护国家主权和民族利益。他是中国近代历史上第一位睁眼看世界的人，是抗击帝国主义殖民侵略的第一人，是中华民族抵御外侮过程中伟大的民族英雄。

《血洒虎门御敌寇——抗英将军关天培》

民族英雄关天培，在第一次鸦片战争中为了抗击英国侵略者的入侵而血洒虎门，为国捐躯，谱写了一曲可歌可泣的英雄赞歌。关天培用他的生命，书写了中国人民反抗外侮的历史。

《威震镇海靖节魂——抗敌英雄裕谦》

在第一次鸦片战争期间的众多牺牲者中，有一位官阶最高，他就是两江总督裕谦。裕谦与外国侵略者斗争立场坚定，与国内妥协派、投降派斗争态度坚决。裕谦督战镇海，与英国侵略军浴血奋战，临危不惧，以身报国，浩气长存。

《斩邪留正解民悬——太平天国领袖洪秀全》

农民出身的洪秀全，从失意文人到起义领袖，经历了长期的思想演变过程，在外敌入侵、清廷腐朽的历史环境之下，顺应时代的潮流，成长为一位非凡的历史英雄人物，建立了与清朝政府相抗衡的农民政权——太平天国。

——著名舞蹈家陈爱莲

从苦孩子到大明星
cong ku hai zi dao da ming xing

《仰承汉唐　荟萃中外——近代数学家李善兰》

李善兰是我国19世纪重要的科学家之一，在数学、天文学、力学等方面都有重大建树。他继承了我国古代数学的成就，又以极大的热情传播西方科学文化，"仰承汉唐，荟萃中外"，把自己的一生献给了科学事业。

《严谨治学　勇于探索——近代著名数学家华蘅芳》

华蘅芳，中国近代数学家之一。其精通中国古算学，并熟练掌握西方近代数学，是中国验证抛物线并著书立说的参与者。为了证明"外国有的，中国也能造"而鞠躬尽瘁，在引进西方科学技术、传播科学知识上贡献卓著。

《折冲樽俎护山河——近代著名外交家曾纪泽》

曾纪泽是中国近代史上著名的爱国外交家，在中俄伊犁交涉事件中，他秉承抵抗列强、保卫国家的坚定意志，利用外交手段全力同沙俄抗争，捍卫了国家主权、民族尊严，收回了祖国的领土，在近代中国外交史上留下了光辉的一页。

《甲午海战留英名——民族英雄邓世昌》

邓世昌，北洋水师名将。本书以邓世昌的成长过程为线索，以代表性的历史故事为主要内容，还原真实的历史事件，突出鲜明的人物性格。邓世昌因在中日甲午海战中突出的英雄气概而名垂史册，书写了伟大的爱国主义篇章。

《誓与舰队共存亡——北洋水师提督丁汝昌》

丁汝昌处在清政府的腐朽和李鸿章的专断下，难以施展爱国的抱负，壮志未酬，愤恨而终。但丁汝昌为建立近代海军作出的巨大贡献，带领北洋舰队爱国官兵勇抗强敌的英雄事迹，将永远为后代所传颂。

《镇南关上凯歌扬——抗法老英雄冯子材》

1885年中法战争中，年逾古稀的冯子材为抵御外国侵略，勇赴国难，大败法军于镇南关，并乘胜追击，接连收复文渊、谅山等地，从根本上扭转了中法战争的局面，成为近代民族英雄的杰出代表。

《屡败法军逞英豪——黑旗军将领刘永福》

刘永福是黑旗军的创建者，是农民出身的杰出军事家、政治活动家。在19世纪发生的援越抗法、中法战争中，他率部与帝国主义侵略者进行了殊死的战斗，建立了卓越的功勋，成为我国近代史上著名的民族英雄，为后世所景仰。

《矢志变法强国家——戊戌变法领袖康有为》

康有为是清末民初最有影响力的思想家之一。他领导了中国知识界的启蒙运动，掀起了一场自上而下的政体改革。他最早在中国提出了立宪政体和具体的宪政方案，主张在坚持儒家传统和帝制的前提下，学习西方经验，他的进步思想对近代中国具有深远的影响。

《开民智以报国 普新知而图强——戊戌变法思想家梁启超》

梁启超，中国近代史上著名的政治活动家、启蒙思想家、史学家、文学家，戊戌变法领袖之一。本书以百日维新思想家梁启超的成长过程为线索，以代表性的历史故事为主要内容，还原真实的历史事件，突出鲜明的人物性格。

《我自横刀向天笑——维新志士谭嗣同》

谭嗣同在民族危机的严重时刻，投身改革救中国的洪流。为了带给祖国一个光明的未来，紧要关头，他挺身而出，用自己的鲜血激励后人，把宝贵的生命献给了变法事业。

《睡乡敢遣警世钟——用生命警策国人的陈天华》

陈天华是民主革命的活动家和宣传家。他写的《猛回头》、《警世钟》等书，起到了革命启蒙的重大作用。为了激发留日学生的爱国情怀，他不惜投海自杀，演出了近代史上感人至深的一幕，给后人留下了难忘的印象。

《革命军中马前卒——民主斗士邹容》

革命乃"至尊极高，独一无二，伟大绝伦之一目的"；它是"天演之公例，世界之公理，顺乎天而应乎人"的伟大行动。因此，必须"仗义群兴革命军"。他激情高呼："革命独子万岁！中华共和国万岁！"这就是《革命军》的作者，中国近代著名资产阶级革命宣传家邹容。

《休言女子非英物——鉴湖女侠秋瑾》

为民族解放和妇女解放而英勇斗争的秋瑾，冲破封建礼教的思想牢笼，打碎封建精神枷锁，崇仰真理，追求光明，主张共和，坚持男女平等，最终献出了自己年轻的生命。

《血溅校场　杀身成仁——民主斗士徐锡麟》

本书讲述了反清志士徐锡麟弃文从武、投身反清革命事业，最终被清政府杀害的故事。出于对国家的热爱，徐锡麟献出自己的生命，他的事迹将永远激励后人深切缅怀这位民主革命的先驱。

《生可死耳　我志长存——献身民主的禹之谟》

禹之谟，民主革命党人，同盟会会员，近代资产阶级革命家、实业家。1886年，20岁的禹之谟"提三尺剑，挟一卷书"游历四方，研究西方社会政治学说，爱国忧民之心日趋强烈。戊戌变法失败，他丢掉改良幻想，倡革命救亡之说，走上民主革命道路。

《物竞天择　适者生存——资产阶级启蒙思想家严复》

严复是中国近代著名的启蒙思想家、翻译家和教育家。他长期从事教育和翻译事业，为近代中国人才培养和思想启蒙作出了重要贡献，同时他也为中国的翻译事业和中西思想文化交流作出了重要贡献。

《辛亥革命急先锋——资产阶级革命家黄兴》

黄兴，清末民初资产阶级革命家，中华民国开国元勋。黄兴在武昌首义及辛亥革命时期的爱国表现，与孙中山闻名于当时，常被时人以"孙黄"并称。本书以资产阶级革命活动实干家黄兴的成长过程为线索，歌颂了先辈伟大的爱国主义精神。

《为宪法流血的第一人——民主斗士宋教仁》

宋教仁是中国近代史上著名的资产阶级革命家。他怀着对祖国的无限热爱，为在中国建立民主共和制度，实现中国的独立富强而奋斗不息，直至被刺身亡。在推翻清朝腐败统治，结束延续几千年封建君主专制，缔造民主共和国方面，立下了不朽功勋。

《矢志革命　百折不回——近代民主革命家廖仲恺》

廖仲恺追随孙中山踏上了创立民国与捍卫共和制的旧民主主义革命之路；在新民主主义革命时期，他为建立、巩固首次国共合作和实施三大政策，英勇奋斗，为国殉职，洒尽了一腔热血。

《将军拔剑南天起——护国英雄蔡锷》

蔡锷是中国近代史上的杰出军事家、爱国者。他的一生短暂而伟大。辛亥革命爆发，他毅然投身于革命洪流之中，领导云南重九起义，对武昌起义积极响应。袁世凯窃国复辟、恢复帝制的阴谋暴露出来以后，他又毅然举起了武装讨袁的旗帜。

《反帝反封建运动——五四青年的爱国故事》

"五四运动"是一次伟大的反帝反封建的爱国运动；是一个伟大的历史转折点；是中国人民的斗争从挫折走向胜利的一个关节点，它为中国的前进开辟了一条全新的道路，拉开了中国新民主主义革命的序幕。

《思想自由　兼容并包——著名教育家蔡元培》

蔡元培是中国近现代著名的民主革命家和教育家，一生经历风雨，却始终信守爱国和民主的政治理念，致力于废除封建主义的教育制度，奠定了我国新式教育制度的基础，为我国教育、文化、科学事业的发展作出了富有开创性的贡献。

《为国家争光　为民族争气——中国铁路之父詹天佑》

詹天佑是我国最早的杰出铁道工程师，因主持建造京张铁路而闻名中外，被誉为"中国铁路之父"。他为祖国的铁路事业贡献了毕生的精力。本书向读者展示了詹天佑热爱祖国、科技兴国的辉煌人生。

《实业救国　衣被天下——轻工之父张謇》

张謇是爱国实业家、教育家。他年轻时中过状元。过了40岁，开始投身工商实业活动中，他的名言是"富民强国之本在于工"。在南通，创办大生丝厂、银行等各种实业。并将创办实业的大部分所得投入教育。他的观点是，教育和实业一样，也是"富强之大本"。

《心向革命　追求光明——平民将军冯玉祥》

冯玉祥将军"是一位从旧军人转变而成的坚定的民主主义战士"。抗日战争期间，他辗转各地，用实际行动积极抗战。日本战败投降后，他为了断绝美国的援蒋内战，又在美国四处演说，揭露蒋介石统治之黑暗，痛斥美国阴谋分裂中国的不良行为。

《刑场上的婚礼——革命烈士周文雍　陈铁军》

周文雍是广州起义的主要领导人之一。陈铁军出身于华侨商人家庭，却毅然投身革命洪流。1928年1月，两人接受派遣，回到广州假扮夫妻从事革命斗争，却不幸被捕。临刑前，两位烈士将敌人的枪声当做自己婚礼的礼炮，用生命和爱情谱写出一曲千古绝唱。

《星星之火　可以燎原——井冈山斗争的故事》

1927-1929年，毛泽东、朱德等老一辈革命家，在井冈山创建了农村革命根据地，进行了艰苦卓绝的斗争，建立了新型革命武装，点燃了工农武装革命之火，找到了农村包围城市最后夺取政权的中国革命的正确道路。

《新民学会的主要发起人——中国共产党早期革命家蔡和森》

蔡和森青年时期曾与毛泽东等人一起组织进步团体新民学会，参加五四运动，并在赴法国勤工俭学时研读大量马克思主义著作，回国后以满腔热忱投身革命事业，成为中国共产党早期重要的理论家和宣传家。

《威震黄浦江畔　高奏抗日壮歌——一·二八淞沪抗战》

面对日本侵略者的挑衅，十九路军在蒋光鼐、蔡廷锴的带领下，高举义旗，奋力一搏。一·二八淞沪抗战，是中国军人捍卫军人荣誉和祖国尊严所发出的吼声，谱写了一曲抗击日军侵略的英雄壮歌。

《将军恨不抗日死——慷慨就义的吉鸿昌》

在国难深重的20世纪30年代，吉鸿昌将军因拒绝执行国民党指示，坚决不打内战，被迫携眷出国"考察"。回国后，他加入中国共产党，组织了民众抗日同盟军，英勇打击日本侵略者，后于1934年11月被国民党反动派杀害。

《献身革命　甘于清贫——梅岭忠魂方志敏》

大革命失败后，方志敏凭着两条半步枪起家，身经百战，创建了赣东北革命根据地和红十军。本书真实记录了方志敏投身革命、领导红军和敌人进行艰苦卓绝斗争的经历，歌颂了烈士贫贱不移、威武不屈、献身革命的高尚品质。

《奏响中华最强音——人民音乐家聂耳》

聂耳在他有限的生命中创作了数十首革命歌曲，在抗日救亡运动中，聂耳的这些歌曲产生了广泛深远的影响。他的音乐创作为中国无产阶级革命音乐的发展明确了方向，树立了榜样。

《横眉冷对千夫指——中国文化革命主将鲁迅》

鲁迅不但是伟大的文学家，而且是伟大的思想家和伟大的革命家。在那风雨如晦的黑暗年代里，他以笔为投枪，同一切帝国主义和反动派进行了顽强的战斗，为中国人民树立了一个不朽的丰碑。他是新文化战线上的一面光辉旗帜，是我们伟大民族的灵魂。

《碧血染将天地红——抗日女英雄赵一曼》

五四时期，赵一曼接受了进步思想，背叛了自己的家庭，反抗封建礼教，谋求妇女解放，走上了争取人民解放的道路。赵一曼在东北地区积极投身抗日斗争。在一次战斗中，她不幸被捕，受尽酷刑，大义凛然，视死如归。

《铁流两万五千里——红军长征的故事》

红军长征是人类历史上的一次伟大的壮举。第五次反"围剿"失败后，中国工农红军的三大主力在极端艰难的条件下，突破国民党军队的围追堵截，进行了史无前例的战略大转移，总行程达两万五千里以上。途中发生了许多动人故事，至今令人难以忘怀。

《荣辱不移革命志——创建陕北红军的刘志丹》

刘志丹是杰出的无产阶级革命家、军事家，西北红军和西北革命根据地的主要创始人之一。他一生热爱人民，追求真理，英勇善战，百折不挠，艰苦奋斗，忠心赤胆，为创建红军和革命根据地、为中国人民的解放事业建立了不可磨灭的功勋。

《英名永存北平城——爱国将领佟麟阁 赵登禹》

1937年7月28日，日军向北平郊区发动进攻。第二十九军副军长佟麟阁奉命在南苑率部与日军苦战，腿部受伤，头部又被敌机炸伤，壮烈殉国。第一三二师师长赵登禹指挥部队顽强抵抗日军，右臂中弹负伤，仍继续作战。后在转移途中遭日军截击而牺牲。

《八百壮士 四行仓库铸军魂——谢晋元和他的战友们》

"八一三抗战"，中国军人以血肉之躯揭开全面抗战的帷幕。这是一场血战，是中国军人不屈不挠的英雄诗篇，其中的八百壮士守四行，成为这首英雄颂歌中最动人、最凄美的音符。一曲四行保卫战，铸就了不屈的军魂。

《八女投江 气贯长虹——八位抗联女战士》

抗日战争时期，以冷云为首的东北抗日联军8名女战士，为捍卫民族尊严，面对凶残的日寇，镇定自若，宁死不屈，投江殉国，表现了中华民族同敌人血战到底的英雄气概。她们的光辉形象，激励着千千万万的后来人。

《艰苦抗战 威震敌胆——著名抗日英雄杨靖宇》

杨靖宇将军是我国著名的抗日民族英雄。曾先后担任磐石游击队政治委员、东北抗日联军第一军军长兼政委、抗日联军总司令等职。领导军民对日寇坚持了长达9个年头的艰苦卓绝的斗争，最终以身殉国。

《死也不当亡国奴——镜泊抗日英雄陈翰章》

陈翰章，从1932年8月投笔从戎，直到1940年12月8日为抗击日本侵略者，战死在镜泊湖畔。他在抗日疆场上奋战了9年，他那可歌可泣的英雄事迹将为人们永世传颂。

《名将殉国 气壮山河——抗日将军张自忠》

著名抗日将领、民族英雄张自忠，生于忧患的时代，抱有"宁为百夫长，胜作一书生"的志向，经历过失败与低谷，最终成就了慷慨人生。本书主要以人物活动为主，勾画出一个真正的"民族魂"鲜活的人生，会带给读者振奋的力量。

《宁死不辱战士名——狼牙山五壮士》

1941年日寇在河北易县扫荡。为掩护群众和主力部队撤退，五位八路军战士毅然把敌人引上了狼牙山棋盘坨峰顶绝路。弹尽粮绝、无路可退，五位英雄纵身跳下了万丈悬崖，用生命和鲜血谱写出一曲惊天地泣鬼神的壮举。

《太行浩气传千古——抗日名将左权》

左权，中国工农红军和八路军高级指挥员，著名军事家。是八路军在抗日战场上牺牲的最高指挥员。名将阵亡，太行山为之垂首，全党为之悲痛。周恩来称他"足以为党之模范"，朱德赞誉他是"中国军事界不可多得的人才"。

《虎将兴关外　抗倭统雄师——抗联英雄赵尚志》

本书描写了久经考验的共产党员、东北抗联的创建者和主要领导人赵尚志，在艰苦卓绝的条件下，坚持抗战，威震敌胆，战功卓著，忍辱负重，忠贞不屈，为国捐躯的英雄故事，为青少年读者呈上一部爱国主义的佳作。

《黄埔之英　民族之雄——抗日名将戴安澜》

抗日名将戴安澜，先后参加保定、漕河、台儿庄、武汉、昆仑关等战役，作战英勇，屡建奇功；入缅作战，"扬威国外，藉伸正义"；守东瓜，复棠吉；殒身缅北，遗恨丛林，马革裹尸，成就了光辉的一生。

《爱国志士　民主先锋——新闻出版家邹韬奋》

本书讲述了邹韬奋献身新闻出版事业的奋斗历程，展现了一位新闻工作者坚定的革命信念和炽热的爱国主义精神，全心全意为人民服务、为读者服务的奉献精神，歌颂了他的高尚情操和优良品质。

《为抗战发出怒吼——人民音乐家冼星海》

人民音乐家冼星海，青年时期在巴黎求学，饱尝屈辱与磨难；学成后毅然回到多灾多难的祖国，用满腔热忱谱写激昂的音乐，鼓舞中华儿女的斗志；奔赴延安，谱写出不朽的名作《黄河大合唱》，发出中华民族抗日救亡的怒吼。

从苦孩子到大明星 cong ku hai zi dao da ming xing

——著名舞蹈家陈爱莲

《全民皆兵 抗击日寇——抗日战争的故事》

中国人民进行的8年抗战，是一百多年来中国人民反对外敌入侵第一次取得完全胜利的民族解放战争。这场战争是以国共两党合作为基础，有社会各界、各族人民、各民主党派、抗日团体、社会各阶层爱国人士和海外侨胞广泛参加的全民族抗战。

《捧着一颗心来 不带半根草去——人民教育家陶行知》

陶行知是我国现代教育史上伟大的人民教育家、教育思想家。他从青年起就立志献身教育事业，以"捧着一颗心来，不带半根草去"的赤子之忱，为人民的教育事业鞠躬尽瘁。

《为民主与和平拍案而起——民主斗士闻一多》

闻一多早年与梁实秋等人发起成立清华文学社。赴美留学期间由对祖国的深深眷恋而创作著名的《七子之歌》。后在西南联大任教8年，积极投身于抗日运动和争取民主的斗争，发表了著名的《最后一次讲演》。

《铁窗难锁钢铁心——革命先烈王若飞》

王若飞是我党早期杰出的无产阶级革命家。在艰苦卓绝的斗争中，他出生入死，屡建奇功，以超人的睿智和胆略，在敌人的监狱中，同敌人展开了殊死的较量，为抗战的胜利和新中国的诞生作出了卓越的贡献。

《横扫千军 还我河山——抗联名将李兆麟》

李兆麟是东北抗日联军创建人之一，他率领抗日联军历尽千难万险与日本侵略者浴血奋战，在极其艰苦的条件下，保存了抗日联军的有生力量，为东北光复作出了重大贡献。

《锄头开出新天地——解放区大生产运动》

为了解决困难，渡过难关，党中央号召党政军民齐动手，开展大生产运动。中国共产党在其控制区域内发动的一场军队屯田和鼓励生产的群众运动，达到了自己动手丰衣足食，共渡难关，既进行革命又进行生产自足的目的。

《生的伟大　死的光荣——女英雄刘胡兰》

　　刘胡兰（1932—1947），坚贞不屈的少年女英雄。生前对我国劳动人民的解放事业无限忠诚，在敌人威胁面前，大义凛然，毫无惧色，英勇牺牲，表现了共产党员的高贵品质。

《饿死不领美国救济粮——爱国知识分子的楷模朱自清》

　　朱自清作为爱国知识分子的典型，以锐利的笔锋直言痛斥反动政府的暴行，体现了他崇高的爱国情怀和不畏恶势力的精神品格。毛泽东曾给朱自清先生以高度评价："一身重病，宁可饿死，不领美国的'救济粮'"，"表现了我们民族的英雄气概"。

《为了新中国　前进——舍身炸碉堡的董存瑞》

　　伟大的英雄，中国人民的儿子董存瑞，从儿童团长成长为一名光荣的解放军战士，在1948年解放隆化县城时，舍身炸碉堡，为新中国献出了自己年轻的生命。他的英雄形象永远留在人民心里。

《宁死不屈的共产党员——革命烈士江竹筠》

　　江竹筠，就是著名的江姐。1947年春，她负责《挺进报》工作，只几个月的时间，报纸就发行到1600多份，引起了敌人的极大恐慌。由于叛徒出卖，江姐不幸被捕，惨遭毒刑的残酷折磨，仍坚贞不屈。最后被特务秘密枪杀，年仅29岁。

《抗美援朝　保家卫国——志愿军的战斗故事》

　　抗美援朝战争是中国人民志愿军为援助朝鲜人民、保卫祖国安全，与美国为首的"联合国军"发生的战争。在朝鲜牺牲的十几万名志愿军烈士，他们英勇的战斗事迹、保家卫国的精神值得我们发扬光大。

《上甘岭上壮烈歌——黄继光和他的战友们》

　　在1952年10月的上甘岭战役中，黄继光和他的战友们在零号阵地半山腰被敌机枪火力点压制，此时，黄继光身上已经多处负伤，手雷也已全部用光。为了完成任务，减少战友的伤亡，他用自己的胸膛堵住正在扫射的敌机枪射孔，为反击部队扫清了前进的道路。

《丹青书壮志　一生傲骨存——著名画家徐悲鸿》

在现代中国美术教育史上，徐悲鸿是兼采中西艺术之长的现代绘画大师，前驱式的美术教育家。作为中国现代美术的奠基人，在抗战的日子里，徐悲鸿用自己独特的方式支持了中国革命事业，培养了一大批美术人才。

《诗书印画　全入神品——国画大师齐白石》

齐白石出身贫寒，做过农活，当过木匠，后改学雕花木工，从民间画工入手，摹古人真迹，学诗文书法，融汇古今，而诗、书、印、画俱佳；他将中国画的精神与时代的精神统一得完美无瑕，使中国画得到国际的重视，无愧于"国画大师"的称号。

《毕生为文化而奋斗——中国第一出版家张元济》

张元济参与、主持和督导商务印书馆近六十年，使其从简单的印刷企业转变为当时中国教育出版的旗帜。张元济一生爱书，在中华大地动荡不安的年代里，他用自己对文化的热爱，续存着中华民族灿烂悠久的文明之光。

《独树一帜　梨园大师——著名京剧表演艺术家梅兰芳》

梅兰芳，京剧大师，演唱风格独树一帜，世称"梅派"。曾先后赴日本、美国、苏联演出，并荣获美国波摩那学院和南加州大学的荣誉文学博士学位。作为一位爱国者，抗战期间蓄须明志，拒绝为日本人演出，为后世称颂。

《华侨旗帜　民族光辉——爱国侨领陈嘉庚》

陈嘉庚是著名的爱国华侨领袖、企业家、教育家、慈善家、社会活动家。他为辛亥革命、民族教育、抗日战争、解放战争、新中国的建设作出了卓越的贡献。生前被毛泽东誉为"华侨旗帜、民族光辉"。

《向雷锋同志学习——伟大的共产主义战士雷锋》

雷锋，一个平凡而伟大的共产主义战士，一心向着党，一生秉承着全心全意为人民服务、无私奉献的崇高思想；发扬刻苦学习和钻研理论的"钉子"精神；坚持勤俭节约、艰苦奋斗的优良作风。毛泽东为其题词："向雷锋同志学习"。

《人民的好公仆——县委书记的好榜样焦裕禄》

焦裕禄，被誉为县委书记的好榜样。他用自己的革命精神，展开了与大自然、与社会落后现象、与病魔的多重抗争，让我们领略到一个共产党人的生之伟大、死之壮美的人格品质和具有现实教育意义的精神魅力。

《文学巨匠　京味大师——人民作家老舍》

老舍是我国现代小说家、文学家、戏剧家。他用融入骨髓的真诚文字反映生活的喜怒哀乐。老舍的一生，总是在忘我地工作，他是文艺界当之无愧的"劳动模范"，生前被北京市人民政府授予"人民艺术家"的称号。

《革命老人——无产阶级教育家徐特立》

徐特立是一代伟人毛泽东的老师。他出生在贫苦家庭，大部分时间生活在动荡艰苦的年代；他刻苦勤奋，不畏艰辛，追求光明，一生勤俭，为革命培养了大量的人才；他对党和人民任劳任怨，鞠躬尽瘁。他坎坷奋斗的一生，留下了许多可歌可泣的故事。

《人生能有几回搏——新中国第一个世界冠军容国团》

容国团先后担任中国乒乓球队运动员、女队主教练。获得1959年男子单打世界冠军；1961年夺得男子团体世界冠军；作为中国女队主教练，1965年率女队第一次夺得女子团体世界冠军。他的"人生能有几回搏"的豪言，举国传诵。

《石油工人一声吼　地球也要抖三抖——铁人王进喜》

王进喜，新中国第一批石油钻探工人。他为祖国石油工业的发展和社会主义建设立下了不朽的功勋，在创造了巨大物质财富的同时，还给我们留下了宝贵的精神财富——铁人精神。他被评为"百年中国十大人物"，写入中华民族的光辉史册。

《做人民需要我做的事——著名地质学家李四光》

李四光是一位伟大的科学家，他一生从事地质学研究工作，足迹遍布祖国的山川，为祖国探明了许多地下宝藏；他创建了崭新的学说——地质力学；他历尽重重困难，为正确认识地质构造开辟了一条新路。

《中国化学工业的先驱——著名化学家侯德榜》

为摆脱纯碱需要进口的窘况，20世纪初，怀着"实业救国"梦想的中国化工先驱侯德榜等人创办了永利碱厂，并立志生产出中国人自己的碱。1926年，永利碱厂终于成功地生产出"红三角"牌纯碱，从此中国制碱业得以跨入世界先进行列。

《毕生求是　一丝不苟——著名科学家竺可桢》

著名科学家竺可桢献身科学研究；治学严谨，一丝不苟；一生廉洁，两袖清风；作风民主，爱护学生。他以爱国之心、报国之志，从一个民主主义者逐渐成长为一个共产主义战士。

《热爱自然的大地之子——著名植物学家蔡希陶》

蔡希陶，五十载风雨，五十载坎坷，五十载奋斗，五十载开拓，为了发现对人类生产、生活有用的植物及新物种的引进而作出巨大贡献，在中国的植物资源学史上将永远镌刻着他的名字。

《高洁无私的襟怀——知识分子的楷模蒋筑英》

蒋筑英是中国当代知识分子的先锋典范，他不为名，不为利，尊重科学；他以坚韧的毅力和顽强的作风，在科学的道路上呕心沥血，鞠躬尽瘁，无私地奉献了青春和生命。

《迎接新生命的天使——卓越的妇产科专家林巧稚》

林巧稚是国内外享有盛誉的妇产科专家。在五十多年医学教育和临床实践中，林巧稚亲自接生了五万多婴儿，治愈了数千病人，培养了数以百计的专门人才，为我国的妇女儿童事业作出了不可磨灭的贡献。

《独自成千古　悠然寄一丘——国画大师张大千》

张大千是20世纪中国画坛最具传奇色彩的国画大师，无论是绘画、书法、篆刻、诗词无所不通。在艺术界深得敬仰和追捧，艺术家们用真挚的感情，用绘画和雕塑展现了"张大千"多彩的艺术形象。

《建造中国的通天塔——著名数学家华罗庚》

中国当代著名数学家华罗庚，为中国数学的发展作出了无与伦比的贡献，他是中国解析数论、典型群、矩阵几何等多方面研究的创始人与开拓者，也是我国最早将数学理论研究与生产实践紧密结合的科学家。

《问鼎长天　强我国威——两弹元勋邓稼先》

邓稼先是我国著名科学家，参加组织和领导我国核武器的研究、设计工作，从对原子弹、氢弹原理的突破和试验成功及其武器化，到新的核武器的重大原理突破和研制试验，作出了重大贡献。是我国核武器理论研究工作的奠基者之一，被誉为"两弹元勋"。

《敢叫天堑变通途——桥梁专家茅以升》

中国著名的桥梁专家茅以升从小立志为祖国建造桥梁，经过不懈努力，他不仅设计建造了一座座宏伟壮观、坚固实用的道路桥梁，而且搭建了一座座友谊之桥，为祖国建设作出了卓越贡献。

《蘑菇云之梦——核物理学家钱三强》

被誉为"中国原子弹之父"的核物理学家钱三强，更名后立志于科技报国；24岁投师于世界著名核物理学家居里夫妇；与夫人何泽慧合作，发现铀的"三分裂"、"四分裂"现象；统领我国的原子大军，做了大量创造性工作。

《两离桑梓地　满怀雪域情——领导干部的楷模孔繁森》

孔繁森，是一位一尘不染、两袖清风的好干部。两次进藏工作，历时十载，为西藏的建设、发展和稳定作出了突出的贡献。1994年11月，孔繁森不幸以身殉职。人民群众称他为新时期领导干部的楷模。

《摘取数学皇冠上的明珠——著名数学家陈景润》

陈景润是享誉世界的著名数学家，为了证明"哥德巴赫猜想"，他以惊人的毅力在数学领域里艰苦跋涉，终于攻克了世界著名数学难题"哥德巴赫猜想"中的"1＋2"，创造了中国乃至世界数学史上的辉煌。

《学术独步　饮誉四海——享有国际威望的科学家卢嘉锡》

卢嘉锡是一位在国际科学界享有崇高威望的物理化学家、化学教育家和科技组织领导者。1945年，卢嘉锡满怀"科学救国"的热忱回到祖国，对中国原子簇化学的发展起了重要推动作用，他所指导的新技术晶体材料科学研究，也取得了重大成绩。

《德艺双馨　梨园楷模——著名豫剧表演艺术家常香玉》

常香玉1941年赴陕甘演出。1948年在西安创办香玉剧社。1951年为支援抗美援朝，率剧社巡回西北、中南、华南各地演出，以演出收入捐献"香玉剧社号"战斗机一架，素有"爱国艺人"之誉。

《文学大师　激流勇进——著名作家巴金》

本书以巴金生平和主要事迹为线索，回顾和展示现代著名作家巴金的一生，以期让人们看到巴金在这风云变幻的100年中，有过成功的欢欣，有过屈辱的磨难，有过痛苦的忏悔，有过平静的安宁。巴金的人生，映照着一代中国"五四"知识分子坎坷而不平凡的命运。

《壮心系科学　孜孜为国昌——理论化学家唐敖庆》

本书讲述了唐敖庆从出国求学、学业有成、回国任教，到服从安排、艰苦工作、刻苦钻研，最终成为中国量子化学奠基者的过程。让人们看到了这位著名化学家的赤心爱国、严谨治学、大公无私的崇高品格和科研上的卓越成就。

126

《中国导弹之父——著名科学家钱学森》

当第一颗原子弹升空的时候，当中国的人造卫星奏响《东方红》的时候，当中国运载火箭腾空而起的时候，当中国研制的导弹准确命中目标的时候，人们都会联想起他的名字：中国导弹之父钱学森。

《中国近代力学的奠基人——著名科学家钱伟长》

钱伟长曾以中文和历史两个100分的成绩考入清华大学。九一八事变后，钱伟长毅然放弃了文科的学习而转为理科。他是中国近代力学、应用数学的奠基人之一，在固体力学、流体力学以及航空航天领域，取得了卓越的成就，为新中国的现代化建设付出了毕生的精力。

《中国光学科学的奠基人——著名科学家王大珩》

王大珩是我国著名的科学家，中国光学科学的奠基人。他先在清华就读，后赴英国求学，学业有成，立志科学救国，其成就享誉神州。他以科学的求是精神和赤诚的爱国情怀，探索着中国光学发展的闪光之路。

《从苦孩子到大明星——著名舞蹈家陈爱莲》

陈爱莲出生在上海，1952年从孤儿院考入中央戏剧学院附属舞蹈团学习班，1959年因主演了中国第一部芭蕾舞与中国舞蹈相结合的舞剧《鱼美人》而一举成名。如今，陈爱莲从事舞蹈艺术工作已超过半个世纪，却依然"青春常在，功夫不减"。

中华魂 百部爱国故事丛书
ZHONGHUAHUN